Le G5 passe la trentaine

Marie Garnier

Le G5 passe la trentaine

Roman

LE LYS BLEU
ÉDITIONS

ISBN : 979-10-377-8204-5

À celles et ceux partis trop tôt
pour rejoindre les étoiles

Je t'aime dans le temps, je t'aimerai jusqu'au bout du temps. Et quand le temps sera écoulé, alors je t'aurai aimé(e). Et rien de cet amour, comme rien de ce qui a été, ne pourra jamais être effacé.

Un jour je m'en irai sans avoir tout dit –
Jean D'Ormesson

Fais de ta vie un rêve, et d'un rêve, une réalité.
Le Petit prince d'Antoine de Saint-Exupéry

Prologue

Il est bientôt 16 h 30, l'heure de dire au revoir à l'école pour les CM2. Les parents qui se sont côtoyés pendant cinq années, aux entrées et aux sorties d'école, appréhendent ce moment où leurs chères têtes blondes vont se dire au revoir pour certains, et à bientôt pour d'autres. Des parents ont lié de belles amitiés. L'école Simone Veil a accueilli les enfants, les a aidés à grandir, à découvrir des valeurs. Des liens se sont créés entre les élèves, les professeurs et les auxiliaires. Une petite école qui a su les préserver et les armer pour passer au collège.

La cloche sonne. La porte de l'école s'ouvre, les parents se regardent et scrutent l'arrivée de leurs enfants. La tension est palpable. La secrétaire de l'établissement qui gère la sortie ne peut cacher son émotion. C'est qu'on s'attache ! Garçons et filles se ruent dans les couloirs en saluant le personnel et les professeurs. Certains ont les yeux brillants, tristes de devoir quitter leur école, et d'autres sont heureux, car c'est aussi l'heure des vacances estivales.

Dans la cour, un groupe de filles reste encore. Elles se parlent, se prennent dans les bras et échangent des mots. Ce sont des mots d'amitié et leurs numéros de téléphone. En effet, en cette fin d'année, elles ont toutes eu un portable pour leur aventure prochaine. Un moyen de rester connectées ! Assises en rang sur ce banc près de l'arbre autour duquel elles jouaient à « attrape-moi si tu peux », ce même banc sur lequel elles se sont confié tant de secrets, elles se disent au revoir. Un au revoir de courte durée pour certaines et un peu plus long pour d'autres. Charlie prend la parole en premier : « Les filles, vous allez me manquer. Même si nous n'allons pas toutes dans le même collège, je vous promets de vous appeler et de rester en contact avec vous pour toujours ». Charlie est la plus sensible et la plus fidèle d'entre toutes. Jamais une dispute, un reproche. Toujours là pour faire rire et oublier les petits « bobos ». Rita, les yeux pleins de larmes, se lance à son tour : « Pareil que Charlie. Je serai toujours là pour vous. Et on n'oublie pas de s'appeler pour les vacances de la Toussaint, enfin pour celles qui restent »… toutes se retournèrent vers Eva. « Vous savez que je n'ai pas le choix. Mon père a trouvé un nouveau travail à Nice. Il m'a promis que je pourrai vous voir de temps en temps. Et nous avons nos téléphones maintenant. On est des grandes ! ». Eva avait ce petit côté naïf et en même temps confiant dans l'avenir. Contrairement à Rita qui doutait de tout et avait très peur de ce qui pouvait se passer. « Oui, nous sommes des grandes ! On ne se lâchera pas. Une pour toutes et toutes pour le G5 ! ». Julie avait appelé le groupe d'amies « Le G5 » et toutes l'avaient adopté. Elles avaient l'impression de former un clan. Faire partie d'un groupe les rassurait. Julie était l'optimiste insatiable. Tout lui souriait. « Allez le G5, il est temps de nous dire à bientôt. On s'appelle. Enfin, si vous oubliez, c'est pas très grave. Vous me manquerez pas trop ! » Stefy avait ce sourire insolent qui en disait long. Elle savait que ça agaçait ses amies et, en même temps, c'était sa façon de se protéger, de ne pas avoir mal… de ne pas montrer ses sentiments. Stefy avait perdu sa maman d'une « longue maladie » l'année dernière. Toute l'école avait été marquée par ce départ d'une maman d'élève. Les professeurs avaient joué un rôle important dans le processus de deuil de Stefy. Plusieurs semaines s'étaient écoulées avant qu'elle ne revienne en cours. Elle ne voulait pas être prise en pitié et avait peur de s'attacher… sûrement par peur d'être à nouveau abandonnée. Elle avait trouvé, au sein du G5, le réconfort pour panser ses blessures. Les filles avaient tout fait pour lui changer les idées et l'accompagner au mieux, mais elles savaient que Stefy pleurait encore beaucoup lorsqu'elle se retrouvait seule.

Une vingtaine d'années plus tard…

Les années ont passé. Le G5 a survécu, en partie, aux années collège, puis à celles du lycée. Les études supérieures les ont séparées, excepté Charlie et Julie. Les cinq filles sont restées en contact, beaucoup au début, puis les coups de téléphone et les messages se sont espacés. Jusqu'au jour où Stefy et Rita sont revenues sur leur terre natale, en Normandie. Les quatre amies se sont retrouvées. Il manquait le cinquième maillon de la chaîne, Eva, dont elles avaient des nouvelles, mais la distance leur pesait. Malgré l'éloignement, elles ont toujours été là les unes pour les autres dans les bons comme dans les moments difficiles de la vie.

Charlie est journaliste comme elle le voulait. Mariée à Paul et mère de deux enfants, cette femme active de vingt-neuf ans est totalement épanouie dans sa vie personnelle et professionnelle. Malheureusement, elle a perdu sa mère d'un cancer, l'an dernier, comme la maman de Stefy. Une perte brutale. Depuis, elle porte le masque de celle qui va bien. Derrière son sourire et sa volonté d'avancer et de voir le verre à moitié plein, sa fragilité est décelable.

Eva était présente à l'enterrement et avait passé quelques jours chez Charlie, juste pour être avec elle et la soutenir. Malheureusement, Eva travaille en tant que community manager à Nice. Elle n'est pas toujours là pour profiter de ses amies. Elle est heureuse et partage sa vie avec Chris, un collègue de boulot… et plus si affinités.

Julie bosse pour une grande compagnie maritime et se donne à deux mille pour cent dans son job. Elle a un petit garçon, Max, qu'elle a eu avec Steeve, rencontré sur les bancs de la Fac. Elle est enjouée mais se pose des questions sur son couple.

Quant à Rita, elle a ouvert une brasserie avec son mari, David, rencontré au collège. Ils ont un fils, adorable, Ben, qui veut devenir cuisinier, comme son papa. Une affaire familiale qui tourne ! Rita n'est pas forcément celle qui a le plus confiance en elle mais elle peut se surpasser et être surprenante.

Stefy était partie vivre avec son père en Suisse pour faire ses études de graphiste. Revenue en Normandie, elle s'est mise à son compte et a développé rapidement un large réseau de clientèle sur l'ensemble du territoire local et national. Elle n'a pas de petit ami mais multiplie les conquêtes masculines, sans trouver le grand amour. Sans doute sa peur de l'abandon qui ne l'a pas quittée.

Rita et Stefy ont fêté leurs trente ans en ce début d'année. L'occasion de se retrouver une fois de plus, un vendredi soir, devenu le jour du repas du G5, pour peaufiner l'organisation. Eva les avait rejointes. Elle n'aurait raté la fête de ses amies pour rien au monde. Le groupe s'était reformé pour quelques heures… Charlie, Julie et Eva prévoient à leur tour une « grande fête » en fin d'année, pour célébrer, ensemble, leur passage à la trentaine… Un merveilleux moment de plus à partager.

Chapitre 1
Une relation « titaniquesque »

Eva n'avait pas prévenu le G5 de son retour, seule Stefy était au courant. Il fallait bien que l'une d'entre elles organise son arrivée. Chris avait accepté sa mutation pour tenter de la reconquérir. Depuis quelque temps, leur couple battait de l'aile. Eva ne semblait plus épanouie dans son boulot de community manager, alors que Chris n'en voyait que par son travail… et cela se répercutait sur leur vie de couple. Chris pensait beaucoup à sa carrière et ne souhaitait pas fonder une famille tout de suite. Eva parlait d'enfants, de chien, de maison à la campagne. En se rapprochant des amies d'Eva, il espérait que cela comble une partie des désirs de sa fiancée et la fasse patienter.

Eva avait lié quelques amitiés à Nice et c'était un deuil de quitter cette vie qu'elle avait construite. Mais, la perspective de retrouver le G5 lui donnait de l'énergie. Il lui était tout de même difficile d'en oublier ses envies.

— Chris, j'ai vraiment envie d'un enfant avec toi. On a des boulots bien payés, on s'aime, on pourrait se lancer dans cette belle aventure, non ?

— Eva, nous changeons de ville et moi d'agence. Je dois d'abord me faire à ce nouvel environnement professionnel et personnel. Je vais passer pas mal d'heures à prendre mon poste en main. Tu pourras profiter de tes amies, t'intégrer à ta nouvelle boîte, faire connaissance avec tes nouveaux collègues… tu vas être très occupée. Vraiment un enfant, ce n'est pas le moment.

— Je vais avoir trente ans, Chris !

Eva a hurlé ces mots. Chris peut sentir sa souffrance mais ne veut pas céder à ce qu'il estime être « un caprice ». Ce qu'il ne lui dit pas, c'est qu'il ne veut pas d'enfant. Il est bien comme ça et souhaite uniquement profiter d'Eva, sans contrainte. Il ne conçoit pas d'accorder du temps à un enfant, un chien ou encore à tondre la pelouse de leur maison. Peut-être est-ce assez égoïste de sa part, mais c'est ce qu'il ressent, et surtout il sait ce qu'il ne souhaite pas.

Trois mois ont passé. C'est le jour J : départ de Nice. L'ambiance entre Eva et Chris est électrique. Ils ne partagent plus rien à part les factures. Eva s'accroche à la perspective de retrouver ses amies. Chris étudie assidûment le fonctionnement de sa future agence, l'organisation, les contrats… La veille du départ, il tente une réconciliation.

— Ce soir, chérie, on va dîner dehors. On profite de notre dernière soirée à Nice. Ça te tente ?

— Pourquoi pas… je dois finir deux, trois cartons avant.

L'appartement est quasiment vide. Les déménageurs viennent demain matin pour tout embarquer. Eva sait que ce changement sera sans doute accompagné d'autres bouleversements. Elle se force à ne penser qu'à ses amies qu'elle va retrouver. Une bouffée d'oxygène. Un regain d'énergie.

Chris la sent fébrile. Il aime cette fragilité chez Eva. Et ce soir, il a envie d'elle, encore plus que d'habitude. Il va la rejoindre. Elle termine les cartons. Tout est vide. Il s'approche d'Eva, la prend dans ses bras et commence à la caresser lentement dans le dos, puis ses mains descendent le long de sa jupe, qu'il remonte. Eva ne veut pas céder. Elle lutte, mais la chaleur de la peau de Chris, combinée aux frissons provoqués par ses caresses, la mettent sens dessus dessous. Et bientôt sans dessous. Chris lui enlève délicatement sa culotte. Eva se prend au jeu et retire le polo de Chris. Elle descend pour lui ôter son jean puis son caleçon. Il se retrouve nu. Il descend à son tour, s'engouffre sous la jupe d'Eva et la caresse doucement avec sa langue. Leurs deux corps expriment l'envie de se confondre. Eva se cambre. Chris passe une main au-dessus de son corsage et s'amuse avec sa poitrine durcie. Il accélère et Eva se laisse aller au plaisir du moment. Chris la retourne brusquement contre le mur en se relevant. Son corps n'en peut plus. Il la prend jusqu'à jouir de ce moment intense et partagé. Il l'emmène dans la chambre, vide, habillée seulement de leur lit qui partira demain. Ils s'allongent, se regardent et s'embrassent.

Leur soirée au restaurant et leur dernière nuit dans cet appartement qui avait vu naître leur relation se sont bien passées. Ils ont même à nouveau entremêlé leurs corps pendant la nuit. Un mélange d'excitation vers une nouvelle vie, et de vin. C'est vendredi et, dans une dizaine d'heures, Eva ferait la surprise à ses amies de revenir, pas seulement pour quelques heures cette fois, mais pour toujours. Imaginer la tête de Julie, Rita et Charlie quand elle franchira la porte du resto lui provoque une sensation de bien-être. Stefy est sa complice mais elle lui a fait part, à sa manière, de son bonheur à la retrouver : « Ok, c'est cool que tu reviennes mais ne crois pas que je vais changer quoi que ce soit à mes habitudes, ma belle. Bon retour à la maison quand même ».

Sur le trajet qui la ramène en Normandie, Eva regarde défiler les paysages par la vitre de la voiture. Elle voit défiler les années passées et n'arrive pas à se projeter avec Chris. Malgré leur attirance physique et leurs affinités culturelles, Eva sent un dysfonctionnement dans leur relation, un grain de sable dans l'engrenage. Peut-être que, sur ses terres, leur relation trouvera un nouveau départ ?

Le voyage fut calme. À leur arrivée, ils déposent directement leurs sacs dans leur nouveau cocon. Les meubles arrivent demain. Chris branche son ordinateur, pour ne pas perdre une seconde et se remet à travailler pour être opérationnel dès lundi. Eva a juste pris le temps de changer de chaussures. Elle trépigne d'impatience à l'idée de retrouver ses amies.

Chapitre 2
Un faux pas pour l'une, une avancée pour les autres

— Chéri, tu te souviens, ce soir, je vois Julie avant de retrouver les autres au resto de Rita ?

— Oui Charlie, tu me le répètes depuis ce matin. Je gère, ne t'en fais pas. Embrasse les filles pour moi.

— Tu es un amour. À plus tard !

Charlie avait pris le temps de faire les devoirs avec Léa et Ron avant de se préparer. La journée avait été dense entre l'interview du Maire de la ville qui devait annoncer de grands aménagements en entrée de ville – et qui est resté muet à ce sujet – et la couverture d'une rencontre d'auteur à la grande librairie du front de mer. Julie l'avait appelée en début de semaine pour la voir avant leur dîner de vendredi. Avec leurs agendas de ministre, elles avaient réussi à caler un apéro express avant le dîner du G5. Charlie avait un pressentiment bizarre sur cet apéro préalable. Julie avait eu l'air angoissée et ne voulait rien dire par téléphone. Elles devaient retrouver les autres à vingt heures au resto de Rita. David s'occupait du service et avait réservé l'arrière-salle pour leur réunion récurrente.

Il est dix-huit heures trente quand Charlie sort de chez elle pour retrouver son amie dans un café à dix minutes à pied.

Charlie arrive devant le café et voit Julie attablée en terrasse, les yeux dans le vague, l'air ailleurs. Malgré cela, elle restait élégante. Ce soir, elle avait choisi une robe fleurie avec des talons et une veste de tailleur noire. Charlie a toujours trouvé que Julie détonait par rapport aux autres membres du G5. Peut-être parce que Julie venait d'un milieu moins modeste que le leur. En tout cas, elle savait s'habiller et se mettre en valeur. Côté look, Charlie était plutôt sur le « jean, chemise blanche et baskets ». Julie et Charlie se connaissaient depuis le berceau et ne s'étaient jamais quittées malgré toutes les épreuves qui avaient jonché leurs chemins.

Charlie se dirige vers son amie avec ce pressentiment indescriptible, semblable à des moustaches de chat qui s'agitent tels des radars.

— Coucou ma belle. Comment ça va ?

— Ça va… le regard fuyant et les yeux rougis.

— Juju, je te connais. Si tu m'as fait venir avant le dîner, ce n'est pas pour parler chiffons et me faire croire que tout va bien.

Julie la regarde avec un « SOS » marqué au fond des yeux. Charlie saisit la gravité de la situation en ignorant toujours le sujet. Voir son amie ainsi lui transperce le cœur. Elle prend la main de Julie et la laisse parler à son rythme, sans l'interrompre. Charlie avait cette capacité d'écouter et d'inviter à se confier sans brusquer. Elle était devenue la confidente de ses amies, convaincue de l'importance de ne pas garder les choses pour soi et qu'il est primordial d'évacuer nos soucis pour ne pas se laisser envahir. Charlie croit que l'esprit et le corps sont liés et que les maux psychologiques peuvent altérer notre santé. Charlie se soucie du bien-être de tous. Elle ne supporterait pas que la maladie touche une nouvelle fois l'une des personnes de son entourage.

— Chacha, je suis perdue. Je veux qu'on efface tout et qu'on recommence. J'ai besoin que tu m'aides. Dis-moi que je ne suis pas si minable que ça.

— OK. Je ne comprends rien pour le moment mais tu ne peux pas avoir fait quelque chose de si grave que ça.

— J'ai trompé Steeve. Je suis nulle, plus que nulle. Je ne sais pas ce qui m'est passé par la tête.

— Au creux des reins, tu veux dire !

— Chacha, ce n'est vraiment pas le moment.

Charlie essaie de dédramatiser et en même temps de réfléchir à l'attitude à adopter. Certes, blaguer à ce sujet n'est peut-être pas la meilleure façon d'aborder la situation.

— Excuse-moi. Tu me connais. J'ai du mal avec les nouvelles déstabilisantes. Tout d'abord, avec qui et quand ? Je ne veux pas savoir le comment. Charlie sourit, afin d'adoucir la ride du lion de Julie qui marque son état de détresse et de sérieux (proche de l'Ohio… Birkin quand tu nous tiens !).

— Tu te rappelles Yvan, un client de l'agence. Il me faisait du gringue depuis quelque temps, mais j'ai résisté car je suis folle amoureuse de Steeve. Et bah, j'ai craqué à la suite d'une énième dispute avec Steeve. Cela fait des mois qu'il ne me touche plus, qu'il ne vit que pour sa boîte et qu'il me laisse gérer seule la maison, Max, le quotidien… Je n'en peux plus, j'ai envie de me sentir femme et pas seulement de ménage !

— Tout doux ma belle. On va discuter par étapes. Tu m'avais fait peur au téléphone, j'ai vraiment pensé à un truc grave.

— Charlie ! C'est un truc grave.

— Bien sûr. Mais tant qu'on a la santé !

— T'es chiante !

— Moi aussi je t'aime, ma belle.

Elles se regardent et éclatent de rire. Les gens autour les fixent.

— Juju, ça peut arriver. Tu te mets trop de pression aussi à vouloir tout gérer. Bon, tu as craqué, mais c'était un « one shot » ?

— Oui.

— Sûre ?

— Oui.

— Déconne pas… J'adore Steeve et ce petit écart ne mérite pas une rupture sauf si tu ne l'aimes plus. Est-ce le cas ?

— Évidemment que je l'aime. Je n'ai pas assuré. Comment je vais lui dire ?

— Attends un moment où vous êtes tous les deux, sans Max. Joue la carte de la franchise. Mets en avant le fait que tu te sens délaissée, abandonnée et qu'il ne te regarde plus comme avant.

— Chacha, je ne vais pas le faire culpabiliser quand même !

— Ben si. Tu es pleinement responsable de tes actes, mais il y a des causes et le comportement de Steeve en est une.

— T'es gentille de vouloir minimiser mon attitude. Mais j'ai été stupide. Et en plus, pour pas grand-chose. Ça n'a pas été formidable.

— Ah… joue la carte de la franchise. Faute avouée à moitié pardonnée.

— J'espère. Si je pouvais avoir une baguette magique ou une machine à remonter le temps…

— Et oui, et si…

Charlie semble ailleurs tout à coup. Est-ce la machine à remonter dans le temps ? Que ferait-elle ? Elle reviendrait sans doute dire à sa mère combien elle l'aimait et profiterait de chaque instant avec elle. Elle aurait sans doute été plus à l'écoute. Elle souffre de ne pas avoir pu lui dire au revoir comme il fallait, de ne pas avoir su trouver les mots…

Julie interrompt ce moment suspendu et les deux amies quittent le café avec la ferme intention de ne rien dire aux autres, enfin pour le moment. Le temps que Julie parle à Steeve.

Stefy et Rita sirotent un verre de Chinon en les attendant. Elles ont un goût certain pour ce cépage. Cela leur rappelait un week-end qu'elles avaient passé ensemble en Touraine, à Montsoreau. Elles avaient multiplié les dégustations, découvert les champignonnières et visité le château. Depuis, le Chinon était devenu leur boisson de prédilection… ne laissant pas le choix aux autres.

Julie et Charlie saluent David à leur arrivée et se dirigent dans l'antre du G5.

— Comment ça va les pieds nickelés ? Stefy aimait titiller Julie et Charlie sur leur complicité.

— Comme des poissons dans l'eau ! lance Charlie.

— Tant que ça !

— Vous en êtes à combien de verre sans nous ?

— Juste un, mauvaise langue. Offert par la maison !

— Tu ne coucherais pas avec le patron ?

— Bah si… enfin de temps en temps. Rita baisse les yeux.

— Ah mince. Raconte !

— Charlie, un peu de compassion. Rita est au bout du rouleau.

Stefy adorait se jouer de ses amies et les faire rire par son côté rugueux et insensible.

— Non, pas au bout du rouleau. Je me demande si David m'aime encore. Ne vous marrez pas, mais cela fait quasiment huit mois qu'il ne se passe plus rien. J'ai essayé d'entamer la conversation, mais il se referme comme une huître et passe à autre chose. Je ne sais plus quoi faire…

— Organise un week-end en amoureux. Je vous garde Ben !

— C'est sympa Charlie, mais avec le restaurant, on ne peut pas se le permettre.

— Tu rigoles. Vous êtes fermés du lundi au mercredi. Partez sur les jours de fermeture.

— Je ne sais pas.

— Rita, l'interpelle Julie, veux-tu vraiment que ça s'arrange ?

— Oui, mais je ne suis pas sûre qu'un week-end arrange tout.

— C'est quoi « tout » ? lui demande Stefy.

— Il y a nos relations intimes mais à part le restaurant, je n'ai plus l'impression qu'on partage grand-chose…

— Tu as quelqu'un d'autre ? Annonce !

— Charlie, tu ne penses qu'à ça !

— Non, Madame Stefy, mais c'est une possibilité.

— Non, je n'ai personne. Mais la flamme, depuis onze ans de mariage, ne brille plus tant que ça !

— Oh, d'accord. C'est le fameux cap des onze ans. Ne t'en fais pas, il paraît que si tu le passes, c'est reparti pour 25 ans !

— Charlie et ses théories du bonheur…

— Moque-toi, Stefy, on verra bien.

Charlie remarque que Julie semble lointaine et triste. La situation de Rita résonne sans doute en elle. Il faut changer le ton de la conversation.

— Rita, c'est simple, tu sors le grand jeu : porte-jarretelles et déshabillé rouge.

— Charlie a raison. Rallume la flamme !

Charlie et Stefy chantent en chœur : « Allumez le feu ! Allumez le feu », et Julie poursuit : « Et voir danser la flamme dans tes yeux ». Elles rient et Rita sourit à ses amies, toujours là pour désamorcer les situations difficiles.

— À mon tour ! J'ai une annonce de la plus haute importance à vous faire. Stefy prend son portable et envoie un SMS. Ses amies restent suspendues à son geste et attendent la suite.

— Tu as trouvé un mec avec qui poursuivre plus d'une semaine !

— Et non, Charlie.

— Tu as un gros contrat à Los Angeles ?

— Non plus, Juju.

— Tu es enceinte !

— Rita, je ne m'appelle pas Marie ! et de toute façon vous savez que je ne suis pas vierge !

Toutes rient à nouveau. L'ambiance est détendue, joviale, légère. Dix minutes passent. David toussote et interrompt les filles.

— Désolé, une personne souhaite vous voir.

— David ! tu sais bien que c'est la soirée du G5, lui lance Rita avec un regard noir.

— Je sais, chérie. Apparemment, c'est important…

— Ça m'agace ! Qui est cette persona non grata ?

Eva apparaît dans l'entrebâillement de la porte qui sépare les filles du reste du restaurant. Les quatre amies restent coites, des poules ayant trouvé un couteau. Elles n'ont pas la force de dire un mot.

— Surprise ! et Eva se jette dans les bras de ses amies.

— Eva ! Tout va bien ? Pourquoi es-tu là ?

— Tout va bien, Julie. Chris est muté ici et il n'y avait pas de plus belles occasions de vous retrouver enfin. Je voulais vous faire la surprise et quand mieux que le jour du G5 ?

— Oh mince alors, génial ! Charlie a les yeux qui brillent. Nous sommes enfin réunies pour le meilleur et pour le rire ! Au G5 !

Toutes lèvent leur verre et trinquent à leur groupe reformé. Chacune semble se remémorer les années blanches de leur jeunesse, dans cette petite école où elles s'étaient rencontrées et avaient lié une amitié à toute épreuve. La vie pouvait joncher leurs chemins d'obstacles mais elle pouvait aussi leur réserver de belles surprises.

— Trêve de retrouvailles ! Rita, tu n'as pas été super sympa avec David. Ce soir, tu enfiles ta tenue du marathon du sexe et tu te fais pardonner !

— Oh, Charlie, tu me désespères…

La soirée se poursuivit jusque tard dans la nuit ou tôt le matin. Heureusement, c'était samedi et donc le week-end, excepté pour Rita qui reprenait le service dès dix heures trente aux côtés de David.

Chapitre 3
L'heure de vérité

Julie ne tenait plus et avait évité Steeve cette semaine. Elle savait qu'elle ne parviendrait pas à soutenir son regard. Elle l'avait trahi, lui, l'homme de sa vie. Julie avait confié Max à ses parents et voulait que ce jeudi soir soit non seulement un mea culpa, mais aussi un réengagement… si Steeve lui pardonnait.

Elle prépara une belle table. Elle avait sorti le grand jeu : nappe blanche, bougies, argenterie et une rose rouge posée dans l'assiette de son mari. Elle s'était apprêtée comme pour un premier rendez-vous galant. Julie s'était épilé les jambes et les aisselles (on ne sait jamais, sur un malentendu. Comme les scouts : toujours prête !), avait mis une belle robe noire (l'indispensable du dressing femme : élégant et efficace), du rouge à lèvres brun et le parfum préféré de Steeve, *Rose sauvage*. Elle se regardait dans le miroir et se demandait si ce n'était pas contre-productif puisqu'elle comptait annoncer une nouvelle qui pouvait anéantir son couple. Pour se mettre dans les meilleures conditions, elle avait fait une petite méditation sur les conseils de Charlie. Il fallait que son esprit soit clair pour l'annonce qu'elle allait faire. Elle tremblait déjà et son cœur cognait dans sa poitrine.

Bientôt 19 heures. Steeve allait arriver. Julie sentait son cœur s'accélérer et avait la sensation qu'il voulait s'extraire d'elle. Elle était terrorisée à l'idée de perdre Steeve. Peur de dire la vérité et terrifiée par la réaction qu'il pourrait avoir. Elle voulait assumer son comportement mais se disait qu'elle avait cédé aussi par le manque d'intérêt de son mari. Il ne la regardait plus, ne lui racontait pas ses journées au travail, et passait son temps sur son téléphone à scruter les mails professionnels, ce qui le faisait se renfermer sur lui-même, se coupant ainsi de toute relation avec Julie et Max. Il ne proposait plus de moments à deux à sa femme. Ils vivaient en colocation. Excepté une partie de jambes en l'air le week-end quand ils revenaient d'une fête… ce qui était peu flatteur pour Julie. Elle gérait Max, les devoirs, son boulot, les courses et la maison. Steeve gérait son boulot. Il paraissait loin le temps où ils partageaient un film le soir ou discutaient jusque tard et riaient ensemble. Il ne rentrait plus les midis où Julie avait le temps de déjeuner. Ils étaient ensemble depuis une dizaine d'années. Serait-ce déjà la lassitude du couple ? La mort du couple peut-être ? Une étape ou plutôt une épreuve ? Julie savait qu'elle devait lui avouer sa faute. Elle repensait à sa conversation avec Charlie et se répétait : « Faute avouée, à moitié pardonnée ».

Quand Steeve franchit le seuil de la maison, il ne fit même pas attention à la table dressée dans la salle à manger. Il alla directement dans son bureau en jetant un « Salut ! » à qui voudrait bien l'entendre. Il ne s'inquiéta même pas de ne pas voir son fils. Julie était vexée mais prit son courage à deux mains (ou le taureau par les cornes. Vous visualisez la comparaison : les cornes ? la tromperie ?). Elle se mit dans l'embrasure de la porte du bureau et se lança. Son cœur résonnait dans tout son corps.

— Salut chéri. Je nous ai préparé à dîner. Max est chez mes parents.

— Hum. OK, j'arrive.

Il n'avait pas l'air plus surpris que ça. Julie se jeta à l'eau – même si déjà son corps suintait tant elle était stressée.

— Il faut qu'on discute.

Steeve leva la tête. Interrogateur. Il n'eut que pour seule réponse, un geste de la main de sa femme qui lui indiquait de la suivre dans l'autre pièce.

Après une dizaine de secondes, il la rejoignit dans la salle à manger et remarqua la table romantique qu'elle avait préparée. Il vit aussi qu'elle s'était habillée et qu'elle était vraiment belle dans cette robe noire. Il se rappela qu'ils l'avaient achetée ensemble lors d'un de leur voyage en Italie. Max n'était pas encore né. Il paraissait interrogateur et stupéfait de ce que la scène lui montrait.

— Tout va bien, Juju ? tu m'as sorti le grand jeu. Tu n'es pas enceinte ?

C'est vrai que Julie n'avait pas pensé à cette option et que la scène pouvait prêter à confusion. Elle se sentit déstabilisée par cette question. Ses jambes devenaient coton. Steeve la trouvait pâle.

— Julie, tu vas bien ? tu es pâle. Tu veux un verre d'eau ?

— Non, merci, ça va aller. Je vais m'asseoir.

— Tu as l'air grave. Que se passe-t-il ?

Julie sent le sol se dérober sous ses pieds mais elle ne peut plus reculer.

— Steeve, je voulais d'abord te dire que je t'aime et que je suis désolée de ne pas être à la hauteur.

— Qu'est-ce que tu racontes ? Tu es formidable. Qu'est-ce qui se passe ?

— J'ai fait la plus grosse erreur de ma vie, sanglote-t-elle. J'ai cédé à la tentation et je t'ai trompé. Mais Steeve, une fois, une seule. Et j'aimerais que ça ne soit jamais arrivé.

Steeve la regarde abasourdi. Julie avait annoncé cela d'une traite, sans s'interrompre et sans le regarder dans les yeux. Jamais, il n'aurait cru entendre cela d'elle. Il se lève pour quitter la pièce, l'air furieux.

— Non, Steeve, reste là. Dis-moi quelque chose, supplia-t-elle.

— Que veux-tu que je te dise ?

— Que tu me détestes, que je suis une trainée, que je t'ai trahi… n'importe quoi…

— Avec qui ? Quand ?

— Un client de l'agence, il y a trois semaines. Je ne voulais pas, puis j'ai cédé. Je me déteste. Si tu savais…

— C'était bien ?

— Steeve !

— Réponds !

— Non.

— Alors pourquoi ?

— Parce que tu ne m'accordes plus d'attention, que j'ai l'impression d'être la femme de ménage et la nounou. Tu ne me touches plus. Tu ne me regardes plus. J'étais perdue et j'avais envie de me sentir femme.

— Tu pouvais m'en parler.

— Tu rentres tard. Tu t'enfermes dans ton bureau. Tu nous accordes quelques heures le week-end et nous faisons l'amour quand nous sortons et que tu as bu. Penses-tu que ce soit épanouissant ?

Steeve la regarde et ne dit rien. Julie n'arrive pas à savoir ce qu'il pense exactement à ce moment précis.

— J'essaie que tout soit toujours comme tu veux. Tu rentres du boulot, tout est prêt. Quand je m'apprête pour garder la flamme, tu n'y fais même pas attention. Max aimerait que tu t'occupes davantage de lui et j'aimerais que tu t'occupes davantage de moi. Tu me manques. Le Steeve de la fac me manque.

Julie tente une approche mais Steeve recule.

— N'as-tu jamais douté de ton côté Steeve ? Tu es toujours certain de m'aimer ? Que je suis la femme de ta vie ? Dis-moi.

— Il n'est pas question de moi !

— Si, Steeve ! Pourquoi cela fait des mois que tu ne me touches plus ? Que les disputes se font plus fréquentes ? Qu'est-ce que j'ai fait ? J'ai l'impression de vivre avec mon pote de Fac mais pas avec mon mari.

Il s'assoit à table et se prend la tête dans les mains. Il soupire et, soudain, se met à pleurer. Julie s'approche et lui relève la tête. Il évite son regard. Julie se fait plus douce.

— M'aimes-tu encore ? lui demande-t-elle tout doucement, comme si elle souhaitait une confidence.

— Bien sûr que je t'aime, et plus que tout !

— Je ne comprends pas… pourquoi tu ne me le montres pas ?

— J'ai déconné Juju. Je n'arrive plus à me regarder dans la glace. Je ne peux pas vous regarder, ni toi ni Max. Je n'y arrive plus… et ses pleurs redoublent.

Julie ne comprend pas tout mais ressent une sensation étrange, une énergie négative. Est-ce un poignard qui me transperce le cœur ? J'espère que mon intuition me fait défaut et que je comprends autre chose.

Elle le fixe comme une lionne prête à bondir sur sa proie.

— Steeve, que s'est-il passé ?

— J'ai tout foutu en l'air. Il y a quelques mois de cela, je t'ai trompée, Juju. C'est arrivé et je ne sais plus comment faire pour effacer ce qui s'est passé… j'angoisse, je ne dors plus…

— La culpabilité peut-être ? dit-elle sur un ton sarcastique.

Il lève la tête et ses yeux implorent le pardon.

Julie a bien compris et le poignard tourne, et tourne encore au creux de son ventre. Qu'est-ce qui se passe ? Je fais mon mea culpa et il m'avoue m'avoir trompée aussi. C'est un mauvais film, un cauchemar. Qu'on me réveille !

— Juju, je suis désolé. J'ai tout foutu en l'air.

— Avec qui ?

— Peu importe ! Ça n'en vaut pas la peine…

— Trop facile ! Qui ?

— Ludivine…

— Tu déconnes ? Ton ex ? Comment c'est possible ?

— On est resté en contact. Je lui ai dit que j'avais une formation à Paris, il y a cinq mois. Elle m'a proposé de dîner avec elle. Je ne voyais pas le danger. On discutait comme des amis.

— Montre-moi ton téléphone !

— Non !

— Montre, Steeve ! Julie hurle et pleure.

— Attends…

— Attendre quoi, que tu fasses du ménage ! crie-t-elle en lui arrachant le téléphone des mains.

Elle regarde les messages qu'ils s'étaient envoyés. Elle n'en croit pas ses yeux. Son côté obscur anime tout son être. « Quand tu viendras, on pourra se remémorer le bon vieux temps » ; « Bien sûr que tu es marié. Je respecte. Ce sera juste un dîner ». Et après la formation, les messages ont pris une autre tournure : « Ludivine, je regrette et ne souhaite plus que l'on parle de ce qui s'est passé » ; « Steeve, j'ai adoré ce qu'on a fait. Nous avons retrouvé nos dix-sept ans » ; « Ludivine, arrête de m'envoyer des messages » ; « Tu as intérêt de revenir sur Paris pour finir ce que tu as commencé, sinon je dis tout à ta femme »…

Julie comprend que ces retrouvailles étaient préméditées. Steeve avait accepté de la revoir. Ils avaient fait l'amour et maintenant qu'il regrettait, il ne savait plus comment se défaire de son ex, celle qui a probablement détruit leur couple.

— Tu devrais finir quoi ?

— Arrête… je n'y retournerai pas.

— Tu dois finir quoi !

— Je n'ai pas pu finir…

— Comment ça ?

— Juju, tu te fais du mal.

— Elle veut que tu finisses le travail ? Madame veut profiter de ton savoir-faire ?

— Julie ! Arrête, ça ne te ressemble pas.

Lui qui ne la touche plus, a donné du plaisir à une autre. Julie est à terre. Elle se lève et se dirige vers l'entrée. Steeve la rattrape.

— Pardonne-moi, chérie ! Je t'en supplie !

— Te pardonner ? Je culpabilisais d'avoir cédé à la tentation et je peux te dire qu'aucun de nous deux n'a joui car je me suis enfuie. Toi, tu es resté… et plus si affinités. Tu m'as négligée, ignorée et poussée à faire cet écart. Moi, je ne t'ai pas poussé, tu l'as fait sciemment…

— J'ai douté, Julie. Cela fait dix ans et notre vie est routinière. C'est un peu métro, boulot, dodo. Il me manquait de la fantaisie. Je voulais me prouver que j'étais vivant.

— Tu pouvais rallumer la flamme et avoir de la fantaisie avec moi. Soi-disant que tu m'aimes… je n'y crois pas ! visiblement, je ne te suffis pas et ton passé te manque.

— Juju ! pardonne-moi. J'ai été con. J'ai compris que tu es celle que j'aime. Je suis bien avec toi, avec Max. J'aime notre famille. Donne-moi une chance. On est à un partout…

Cette dernière phrase achève Julie. Un partout ! Il ne s'agit pas d'un jeu. Mais de la vie, la vraie. Leur vie. Pour le moment, elle s'apparente à un champ de ruines. Elle qui culpabilisait, pour finalement apprendre ça !

Qui a trahi l'autre ?

— Pour le moment, tu es surtout seul face à toi-même.

Elle se dirige vers la porte d'entrée et la referme derrière elle sans se retourner. Steeve n'essaie même pas de la retenir, tant il sait qu'il vaut mieux la laisser partir. Prendre l'air. Il a conscience du mal qu'il lui a fait et que son attitude a inconsciemment poussé Julie à commettre une faute. Il s'en veut de ne pas avoir été à la hauteur de l'amour de sa femme. Il sait qu'il risque de tout perdre… si ce n'est déjà fait. Il est épuisé. Il sait que la route sera longue jusqu'à ce qu'il puisse reconquérir le cœur de Julie.

Chapitre 4
Chocolats chauds et films niais

C'est jeudi soir et la pluie s'est invitée sur le chemin pour aller chez Charlie. Julie a juste envoyé un SMS à son amie en quittant le domicile qui ne laissait pas de place au doute. « J'ai besoin d'une amie pour me consoler ». Aucun problème, soldat Chacha toujours prête !

Charlie prévient Paul de l'arrivée de Julie et lui demande de les laisser seules, ce soir. Il sait que pour sa femme, les membres du G5 ont carte blanche.

Charlie a de la peine pour Julie qui arrive dégoulinante, les yeux bouffis et l'air de chien battu. L'optimisme de son amie a visiblement fondu avec la pluie. Charlie n'est pas au bout de ses surprises avec ce que Julie s'apprête à lui dire. Elle lui apporte une serviette pour se sécher un peu et lui dit de s'installer confortablement au salon pendant qu'elle prépare des chocolats chauds… elle aurait bien mis une goutte de whisky mais l'heure n'est pas à la fête… en tout cas, pas pour le moment.

Julie enlève ses chaussures, s'essuie les cheveux, pend son manteau au-dessus du radiateur et s'assoit sur le canapé en attendant Charlie. Elle se remémore la soirée et les excuses bidon de Steeve.

— Alors ma belle, tu veux qu'on en parle ? dit Charlie avec la voix emprunte de bienveillance et posant les chocolats chauds sur la table du salon.

— Chacha, j'avais tout préparé. J'avais confié Max à mes parents, je m'étais apprêtée et j'avais préparé à dîner. Nous avons discuté et…

Julie fond en larmes. Charlie la prend dans ses bras et attend que Julie puisse raconter la soirée qui a visiblement tout bouleversé. À la fin du récit, Charlie n'en croit pas ses oreilles et est stupéfaite des révélations faites par Julie concernant les agissements de Steeve.

— Bon, ma belle, procédons par priorité. D'abord, je vais te laisser une petite heure pour aller refaire le portrait de Steeve et ensuite on verra comment on envisage demain.

— Charlie ! Tu restes avec moi. On laisse Steeve réfléchir et surtout on n'en parle plus pour ce soir.

— OK… mais il va vite falloir savoir quelles suites tu souhaites donner. Il y a le G5 demain et franchement, ça va être compliqué de faire semblant avec ta mine de déterrée.

— Toujours le mot sympa !

— Sérieux, Juju, tu penses vraiment le quitter ?

— Il m'a trompée !

— Oui, et toi aussi. Peu importe dans quel ordre cela a été fait. La vraie question est « votre amour est-il toujours fort ? ».

— J'en sais rien… Peut-on se relever d'une telle trahison ?

— Ce n'est pas à moi d'y répondre. Juju, la nuit porte conseil et pour l'heure, place à un petit verre pour fêter cette soirée improvisée entre filles !

— Alors toi !

Julie s'étonne toujours des réactions de Charlie. Elle positive tout depuis le départ brutal de sa mère. Julie n'en parle pas avec elle, mais elle sait que son amie souffre beaucoup de son absence. Elle n'arrive pas à lire en elle mais elle sait que l'enthousiasme débordant de Charlie n'est pas toujours spontané. Elle fournit un travail énorme pour faire semblant d'aller toujours bien.

— OK pour un verre et on se regarde un film. Et si on se matait « The holiday » ?

— Super idée ! J'adore ce film. Cameron Diaz et Kate Winslet sont géniales. Et alors Jude Law… j'en ferais bien mon quatre heures… mais chut ! Ne dis rien à Paul !

— Tu es incorrigible…

Les deux amies se blottissent l'une contre l'autre sous le plaid, telles qu'elles étaient lorsqu'elles étaient étudiantes.

À chaque coup dur, c'était soirée film romantique avec un verre de vin. Elles aimaient toujours se retrouver ainsi. Ce lien, qu'elles ont, est rare et précieux. À la Fac, chacune était le soutien de l'autre. En période de doute ou lors d'évènements heureux. Julie avait été très présente lors du départ de la mère de Chacha. Son amie se forçait à garder le sourire et à faire comme si, mais Julie savait que ce départ allait la changer. On ne se remet pas de la mort d'un de ses parents, d'un enfant, d'un proche. Il faut apprendre à vivre avec l'absence. Charlie avait développé une sorte de mutisme au lendemain du drame. Le cancer de sa mère avait été foudroyant. Elle avait soutenu Stefy lorsqu'elle l'avait vécu avec sa propre mère mais là, elle ne pouvait pas se montrer aussi forte. C'est comme si elle se retrouvait orpheline, comme si elle redevenait une enfant sans arme, sans personne à qui se confier. Ce fut une période difficile et Julie avait multiplié les attentions pour que Charlie sente qu'elle n'était pas seule. Le G5 lui assurait son soutien sans faille. Charlie savait qu'elle pouvait compter sur ses amies, mais elle devait faire son deuil seule. Cela ne faisait qu'un an et chaque anniversaire et chaque Noël, chaque évènement avaient été des étapes compliquées. Elle jouait un double jeu pour que les enfants ne sentent pas sa tristesse.

À la fin du film, Charlie déplie le canapé et fait le lit qui allait accueillir Julie, au moins pour cette nuit. Elle lui apporte une nuisette, ce qui fait sourire Julie. Avant de se souhaiter bonne nuit, Charlie veut s'assurer que son amie passera une bonne nuit, autant que possible.

— Dis ma belle, ça va aller ?

— Oui, c'est parfait, Chacha. Cette soirée m'a fait du bien.

— Je peux dormir avec toi si tu veux…

— Non, je me rappelle très bien comme tu ronfles !

— N'importe quoi ! C'est arrivé une fois et j'étais épuisée… et un peu pétée.

— Peut-être, mais même si j'avais eu une pulsion, ton bruit de moteur m'aurait refroidie directe !

— C'est ça. Je sais qu'au fond, tu me kiffes.

Charlie sourit d'une façon qui se voudrait sensuelle mais là, à cette heure tardive avec la fatigue marquée au fer rouge sous ses yeux, c'est affreux, voire pathétique. Julie aimait les tentatives dont usait Charlie pour lui changer les idées. Avant qu'elles se quittent, Julie veut s'assurer que Charlie aussi va bien.

— Dis Chacha, et toi, comment tu vas ? vraiment…

— Bah bien, pourquoi ?

— Je te connais par cœur et il y a quelque chose qui a changé depuis… elle s'interrompt.

— Juju, ça va, je t'assure. J'ai tout pour être heureuse alors pourquoi voudrais-tu que je n'aille pas bien ?

— Tu veux toujours afficher un grand sourire, tourner les choses de façon positive… tu ne pourras pas garder ce masque sans qu'il tombe. Pense à la chanson de Lady Gaga, ne fais pas ta « poker face » !

Charlie sait sur quel terrain Julie veut l'amener et comme avec tous ceux qui essaient, elle se referme. Julie la regarde avec tendresse et lui tend la main pour qu'elle vienne se rasseoir à ses côtés. Charlie accepte.

— OK, je te prépare cinquante euros pour la séance de psy ?

— Charlie, j'ai juste envie de savoir comment va mon amie.

— Écoute, je vais bien. Enfin mieux. Paul m'aide beaucoup, en ne me demandant rien. J'essaie de travailler toute seule et je pense y arriver. Le sommeil est parfois long à venir, si long que le réveil sonne avant qu'il n'arrive. J'ai toujours les images… les dernières images qui me reviennent et me hantent. En tout cas, je ne culpabilise plus. Je ne pouvais rien faire. Aujourd'hui, je me concentre à profiter des gens que j'aime, à leur dire que je les aime et à vivre chaque instant à fond. C'est un long chemin, mais je vais y arriver, je vais accepter. Et puis, je médite ! Les planètes sont avec moi, dit-elle en souriant.

— Je suis là si tu as besoin.

— Je sais, mais crois-moi. Mon travail avance, mon deuil aussi. C'est juste encore douloureux et ça le sera toujours. Mais je veux que mes souvenirs avec ma mère me donnent le sourire plutôt qu'ils ne m'arrachent une larme. Ma famille et vous, le G5, vous m'aidez énormément.

— OK. Je suis rassurée.

— Et c'est pour ça, aussi, que je veux que tu réfléchisses à ton couple pour n'avoir aucun regret… et surtout ne pas perdre de temps. Car il file et parfois plus vite qu'on ne le voudrait.

— Merci Charlie.

— Merci à toi… mais trêve de mélodrame, je sens que tu me regardes avec des yeux amoureux alors, je vais te laisser sur ton canapé avant que tu ne m'attrapes et n'abuses de moi…

— Tu peux être vraiment con parfois !

— Seulement parfois ?

— File ! et Namasté petite fleur !

Julie se retrouve seule dans le salon, et ne s'endort qu'au petit matin. Elle a pesé les « pour » et les « contre » de sa relation. S'imagine-t-elle poursuivre seule sa route avec Max ? Peut-elle pardonner à Steeve ? et peut-elle se pardonner ?

Les questions n'en finissent pas de se bousculer dans sa tête. Au petit matin, elle entend Charlie préparer le café dans la cuisine. Elle a à peine fermé l'œil.

— Bien dormi, ma Juju ?

— Nannnn !

— Oh la vache, tu as une tête !

— Toujours sympa au réveil…

— Tu vas mieux ?

— Je vais…

— OK. Commence par prendre une douche pendant que le café coule. Je ne voudrais pas que Paul pense que j'héberge une ado qui a fait la fête toute la nuit.

— Même au réveil, t'es nulle.

— Merci ! J'accepte ce compliment.

Paul et Charlie prennent le café dans la cuisine. Julie les rejoint après s'être douchée et avoir repris une forme, presque humaine.

— Salut, Julie, tu vas bien ?

— Impecc' Paul !

— Tant mieux. Bon, je vous laisse mes ados préférées. La prochaine fois, essayez de ne pas finir ma bouteille de whisky ! Bonne journée les copines !

— Bonne journée, Chéri !

— Bonne journée, Paul.

Les filles restent silencieuses un moment… jusqu'à l'arrivée de Léa et Ron. Le petit déjeuner prend une tournure plus agitée et plus légère.

— Maman, tu sais que Léa a un petit ami ?

— Non, je ne savais pas. Il s'appelle comment ?

— Aron.

— Ron, t'es vraiment un gros nul.

— Léa, c'est vrai qu'il s'appelle Aron ? Il est dans ta classe ?

— Il y a un Aron, mais c'est pas mon amoureux.

— Bisous, bisous.

— Ron, laisse ta sœur. Allez vous brosser les dents et ensuite on décolle pour l'école.

— Tu devrais faire du rap, m'man.

— Ron, file dans la salle de bain.

Pendant que les enfants finissent de se préparer, Julie range le salon et ne sait pas ce qu'elle veut faire de sa journée.

— Charlie, est-ce que je vais au boulot ? si oui, je dois repasser chez moi. Et si Steeve est là ?

— Tu ne peux pas fuir éternellement. Tu peux rester ici aujourd'hui si tu veux prendre le temps de te poser.

— Tu as raison, je ne dois pas fuir. Je vais aller me changer pour aller au bureau et récupérer mon ordi. Et si je croise Steeve, je… elle s'interrompt.

— Ne calcule rien. Tu feras ce que tu dois faire sur le moment.

— Tu as raison. Allez, je file. On se retrouve ce soir pour notre dîner avec les filles. On se tient au courant sur le comportement à adopter. Et elle lui fait un clin d'œil.

— OK, ma belle. À ce soir ! Que la force soit avec toi !

Julie la salue en mettant les mains en prière devant son cœur, à la façon d'une yogi, et elle part affronter sa journée.

Chapitre 5
Qui l'eut cru

Le dernier repas du G5 a apporté son lot de surprises. Eva nous a annoncé qu'elle et Chris voyaient leurs chemins se séparer. Julie nous a appris son infidélité et celle de Steeve. Rita tente désespérément de digérer ses trente ans et ses onze ans de mariage, et Charlie essaie tant bien que mal de nous faire croire que tout va bien. Je sais ce qu'elle ressent puisque je suis passée par là. On ne se remet pas aussi facilement de la perte d'un de ses parents, en l'occurrence, sa mère. Charlie sourit mais je vois bien qu'elle cache quelque chose, une souffrance qu'elle s'interdit. Elle a très peu parlé du décès de sa mère. Elle fait comme si rien n'a changé alors que ses yeux disent le contraire. Aucune de nous ne lui fait remarquer, au risque de la voir se terrer au fond de sa coquille.

Et avec toutes ces nouvelles, je n'ai pas eu le cœur de leur annoncer que j'avais rencontré Maxime. Il vient de Suisse. Le fait du hasard ou d'une bonne étoile. Sa boîte avait besoin d'un graphiste freelance et elle a fait appel à moi. L'agence s'installe en Normandie et a besoin d'une image de marque et d'un site internet moderne, pratique et interactif. Maxime est mon interlocuteur, et un peu plus.

Nous avons travaillé ensemble au printemps et de fil en aiguille, disons de dîner en fin de soirée, nous nous sommes rapprochés. En cette fin d'été, je suis la plus heureuse des femmes. Il est prévenant, attentionné, intelligent et il me laisse ma part de liberté. Il aimerait rencontrer mes amis, mais je lui dis ne pas être prête, ce qui est vrai. Les filles ne comprendraient pas pourquoi je leur ai caché depuis ces quelques mois, même si je suis certaine qu'elles seraient ravies. Je crains tellement que Maxime se réveille un matin et réalise qu'il n'a rien à faire avec moi. Il me rassure sans arrêt. Malgré sa bienveillance, je me dis que tout peut basculer et je n'ai pas envie de souffrir. J'ai toujours fait en sorte que mes relations ne durent pas. J'obligeais les mecs à me larguer en leur montrant mes mauvais côtés, ainsi je ne souffrais pas car je ne me laissais pas le temps de m'attacher et je n'avais pas de regrets ou de culpabilité. Deux pas en avant, trois pas en arrière. Bref, un boulet ! J'ai usé de toutes les armes : je me suis fait passer pour une lesbienne, j'ai fumé car mon petit ami ne supportait pas l'odeur du tabac, et je me suis mise à l'haltérophilie pour dégoûter Jérôme qui trouvait déstabilisant d'avoir une femme musclée. J'aurais pu passer pour une dingue, ce qui est sans doute arrivé.

Diabolique ? Non, effrayée par l'abandon. Les spécialistes nomment cela : abandonnisme. Depuis la mort de maman, c'est omniprésent. Elle avait un cancer et je l'ai vue dépérir, lentement. Je gardais espoir et je lui donnais toute l'énergie et l'attention que je pouvais pour qu'elle vive sa maladie le mieux possible. Papa, lui, s'était fait à l'idée de pouvoir la perdre. Moi, je n'y parvenais pas.

Peut-être était-ce un moyen de me préserver… Après son premier traitement, elle a été en « rémission ». Ce terme vous donne tellement d'espoir. Vous y croyez à nouveau. Et un matin, votre mère vous appelle pour vous dire qu'elle est en rechute et que les cellules malignes se sont propagées sur l'ensemble des organes. Les métastases se sont multipliées et ont envahi son corps. Vous essayez de vous accrocher au progrès de la science, à votre bonne étoile, en la vie… vous croyez à l'impossible, mais l'impensable se produit. Il a suffi de trois mois pour qu'elle s'en aille pour toujours. Je ne savais pas si je devais être triste de ne plus la voir, de ne plus lui parler, de ne plus rire avec elle, ou si je devais me réjouir qu'elle ne souffre plus. Ce que je sais, ce que j'ai compris : tout peut basculer en quelques secondes, minutes, heures ou mois. Il faut profiter de chaque instant. Maman était tellement malade avec les effets secondaires qu'elle avait choisi d'arrêter les traitements. Je me dis qu'elle a fait preuve d'un immense courage de faire ce choix. L'avoir perdue est une douleur atroce. Je n'avais plus tous mes repères. Heureusement, j'ai le G5 pour me soutenir. Et quand je vois Charlie qui vit la même chose, j'aimerais tellement faire plus. Elle est forte. Je peux même dire résiliente (terme aujourd'hui largement galvaudé). Elle a sur se relever, même blessée, les genoux à terre.

La peur de perdre à nouveau quelqu'un que j'aime est insoutenable. Après tant d'années à multiplier les conquêtes, à ne pas m'attacher, mon étoile du Nord, Maxime, est arrivée à un moment où je doutais, encore plus que d'habitude.

Ce soir, il m'a dit de me laisser porter car il avait une surprise pour moi. J'ai hâte et je suis effrayée en même temps. Que veut-il m'annoncer ?

Il est 19 heures. Je me tiens comme promis devant la porte de son appartement. Bizarrement, mon cœur cogne à l'intérieur, j'ai l'impression qu'il est hors de moi. De quoi puis-je avoir peur, c'est Maxime de l'autre côté de la porte… enfin, j'espère. J'ai tellement regardé de films bizarres aussi !

Je me lance. Je sonne. Quand je vois son nom sur la sonnette, je souris. Maxime Parfait. Un nom bien porté. La porte s'ouvre. Il se tient devant moi, en costume. Il m'invite à entrer. J'aperçois la table mise pour deux avec des chandelles et une rose rouge dans mon assiette, enfin je suppose que c'est la mienne. Je dois d'ailleurs être aussi rouge que cette fleur. Il prend mon manteau et m'invite à m'asseoir. Jamais un homme ne m'a fait autant me sentir femme et princesse. L'ambiance tamisée et conte de fées m'amuse.

— Tu es ravissante mon cœur.

— Merci, tu n'es pas mal non plus.

J'ai mis ma combinaison noire et blanche, décolletée dans le dos. C'est avec lui que je l'ai achetée, et en rentrant de notre après-midi shopping, c'est lui qui me l'a retirée. Un excellent moment. Bref, je m'égare, revenons à notre soirée en amoureux.

— Champagne ?

— Volontiers, cher ami. Il sourit.

Il part dans la cuisine et revient avec deux coupes sur un plateau, accompagnées de gougères et de toasts au saumon. J'aperçois également une boîte entourée de papier cadeau. Je sens mon cœur s'accélérer. Oh non, il n'a pas fait ça ! je me sens liquide. J'espère que je n'ai pas fait quelques gouttes dans ma culotte. Allez, Stefy, gère !

— Tenez charmante demoiselle.

— Merci Maxime. Tout est parfait.

Va-t-il comprendre que notre relation actuelle me suffit et me comble ? Il n'a pas besoin d'en faire davantage. Je suis déjà sous son charme.

— Stefy, je voulais qu'on fête nos six mois dignement. Je n'ai jamais rencontré une femme comme toi. Tu es si… différente.

Là, je me crispe. Différente ? je le prends comment…

— C'est gentil, chéri. Vu mon air dubitatif, il doit se rendre compte de mon malaise.

— Stefy, ce que je veux dire, c'est que tu me donnes ce qu'aucune autre n'a su m'apporter. Tu es bienveillante, drôle, intelligente et tu me laisses mon espace. Plus je te découvre et plus je t'aime chaque jour.

Sa main se dirige vers le paquet. Pas une bague, seigneur, pas une bague, je ne saurai pas comment réagir et je risque de tout foutre en l'air.

Il le prend dans ses mains et se lève. Non, non, non… ! Je suis en apnée. Mon cœur a raté plusieurs battements.

— Stefy, il est temps pour nous de passer à une étape supérieure.

Je voudrais lui dire que je ne suis pas prête, mais aucun mot ne sort.

— Chérie, ouvre-le.

Vas-y Stefy, ce n'est qu'un petit paquet. Tu ne joues pas ta vie. Voilà, fais un sourire à Maxime. Il t'observe. Lentement, je défais le papier cadeau et me retrouve devant une boîte. Est-ce celle de Pandore ? la curiosité est un vilain défaut. Je soulève le couvercle et là… je comprends encore moins. Maxime s'en aperçoit et vient au secours de mon ignorance.

— Ce sont mes clefs. Tu es ici chez toi… quand tu le voudras et quand tu seras prête. En tout cas, je sais que je le suis et que je veux continuer d'avancer à tes côtés. Je ne veux pas te mettre de pression. Je connais ta peur de l'abandon et je n'ai pas envie de te perdre parce que tu vas flipper. Au contraire, je veux te rassurer et te dire que je t'aime et que je veux partager encore plus avec toi.

D'un sens, je suis soulagée : pas de bague. Mais les clefs, ses clefs… c'est un engagement. Suis-je prête ?

Je le regarde. Je sens qu'il scrute ma réaction. Ses yeux brillent de sincérité et mon cœur vibre. Il attend une réponse, un signe. Allez, Stefy, tu peux le faire ! Il s'agit de Maxime et il ne te propose pas quelque chose de dingue, juste ses clefs.

— Je t'aime Maxime. Je ne sais pas quand je serai prête à les utiliser, mais je suis ravie de les avoir. Moi aussi, je me sens bien et j'ai envie de passer plus de temps avec toi. Dire que j'ai eu peur de ce paquet ! Tu m'as fichu la trouille. Ne recommence pas ça !

Il rit. Il approche son visage du mien et il m'embrasse. Je suis sur un nuage. Il me prend la main et me chuchote : « viens, on mangera plus tard ».

La nuit a été magnifique. Nous étions en osmose, une fois de plus. Je suis bien dans ses bras. Il m'apporte tellement de sérénité. Si seulement j'étais sûre que tout cela ne s'arrête jamais… Il est déjà debout et je l'entends qui s'agite dans la cuisine. Je le rejoins et viens l'embrasser dans le cou. Il prépare des œufs au bacon, des pancakes au sirop d'agave et presse des oranges. Parfait ! Il se retourne et me regarde intensément. J'aime son regard qui parfois suffit à ce que je comprenne ses attentes. Sur ce coup-là, je me suis légèrement emballée.

— Stefy, peut-être que maintenant, je ne vais plus être l'homme de l'ombre et que tu vas oser me présenter à tes amis… histoire que je fasse vraiment partie de ta vie.

Ça y est, on y est… je flippe.

Chapitre 6
L'amour n'est jamais acquis

L'automne pointe déjà le bout de son nez. Les membres du G5 sont sur le gril. Lundi, Rita va emmener David en week-end surprise pour redonner du souffle à leur mariage. Charlie et Stefy ont coaché Rita comme si elles la préparaient à un casting pour un film de Luc Besson (Pourquoi Luc Besson, par ce que j'aime bien ce réalisateur) : prise de parole en public, réparties aiguisées, séance de sport…Et, Julie et Eva l'ont définitivement convaincue que c'était « l'escapade de la dernière chance ».

Rita leur a avoué qu'elle ne se sentait plus désirée par David mais qu'en même temps, entre Ben et le restaurant, elle se laissait peut-être aussi aller. Rita a souvent cette tendance à se sous-estimer. Elle ne voit pas son potentiel.

— T'as pas tort sur ce coup-là, lui lance Charlie. Sérieux, on va t'inscrire à l'émission de relooking sur M6. Entre tes cheveux qui ne ressemblent à rien et tes fringues des années soixante-dix, tu crois que David a épousé Cher ! Et encore, il serait millionnaire et siroterait des mojitos sur une île !

— Et ton maquillage, ma bichette. On peut aimer être naturelle mais avec un minimum d'apprêt… Stefy vient au secours de Chacha, à sa manière. Elles se montrent un peu brutales tout en lui caressant la joue ou en lui souriant pour adoucir leurs propos.

— Doucement les filles. Certes, Rita, tu t'es négligée… mais David en a fait de même et t'a aussi laissée devenir transparente.

— Sympa Julie ! Ça fait du bien un peu de franchise. Je ne me voyais pas si « transparente ». Rita mime les guillemets.

— Ce qu'on veut te dire, ma chérie, c'est que vous êtes deux et que tu ne dois pas être la seule à te flageller. David a une part de responsabilité, mais c'est un homme. On sait que les hommes ne se remettent pas en question, ils sont moins dans l'émotion, le ressenti. Tu peux amorcer l'étincelle mais il doit la saisir pour mettre le feu !

— Eva, magnifique métaphore ! s'enthousiasme Charlie, suivie des applaudissements de ses acolytes.

— OK, les filles, vous avez raison. Ce n'est pas la trentaine qui va avoir raison de mon mariage avec David. Je vais sortir les chevaux !

— Bien dit !

— T'as des chevaux ?

— Non, Juju, lui répond Eva, c'est une expression. Elle va tout donner quoi !

La naïveté de Julie les laissait parfois sans voix. Elles rient et finissent leur dîner dans l'euphorie de l'instant. Et une bataille à mener par Rita : dès dimanche soir, elle prépare tout pour surprendre David.

Lundi matin…

David prend son café en lisant le journal. Je m'approche doucement et prends une grande respiration. J'ai l'impression de jouer ma vie. Allez : l'œil du tigre, Rita ! Je me sens comme Rocky Balboa avant d'affronter Apollo Creed.

— Bonjour Chéri.

— Déjà levée Rita ? et habillée…

En général, Rita c'est plutôt le gang des pilou-pilous quand elle est en repos. Pas super sexy, mais confortable et chaud.

Au réveil, je me suis dit : « l'avenir appartient à ceux qui se lèvent tôt ». J'ai donc passé un jean, un sweat et relevé mes cheveux en queue de cheval. OK, j'aurais pu enfiler une robe, mais là ça n'aurait pas été moi. Je nous ai préparé deux jours magiques pour David et moi. Je croise les doigts pour qu'il apprécie chaque étape et surtout une de mes surprises…

— David, il faut qu'on s'accorde du temps. J'emmène Ben chez maman et ensuite, on part deux jours prendre l'air. Tous les deux.

Sa main lâche la tasse de café et ses yeux le journal. Il lève la tête et me regarde, surpris.

— Tu as décidé ça toute seule ?

— Si je ne le fais pas, qui le fera ?

— Est-ce un reproche ?

Ça part mal… mayday ! crash en plein vol. Il n'a pas l'air dans de bonnes dispositions. Peut-être est-ce une erreur ?

— Je veux juste qu'on passe un peu de temps tous les deux. Avec notre vie à 200 à l'heure, on s'est comme qui dirait, oubliés. Notre couple s'éteint, et je n'ai pas envie de te perdre, David.

— Moi, non plus, Rita. Es-tu sûre que cette escapade est nécessaire ?

— Pourquoi ? tu n'as pas envie de passer ces deux jours avec moi ?

— Ce n'est pas le problème…

— Quel est-il alors ?

— On peut très bien rester là et profiter de l'appartement.

— Non !

Oups ! J'ai crié là. David se lève de sa chaise. Adieu, mes deux jours d'étincelles et de *La La Land*. Il s'approche de la porte de la cuisine, puis se retourne.

— Que dois-je prendre pour ces deux jours ?

Ne montre pas que tu es heureuse d'avoir gagné. Reste neutre Rita. C'est toi la meneuse du jeu.

— J'ai déjà tout préparé.

— Tu as raison, prendre l'air nous fera le plus grand bien.

J'ai préféré conduire pour ne pas trop cogiter. David a mis notre playlist composée de toutes les chansons que nous adorons. Le voyage se passe en chantant, en riant et en se remémorant nos aventures passées, lorsque nous n'avions pas encore Ben. J'ai réservé à deux cents kilomètres de la maison. Nous arrivons enfin. David a l'air sidéré de l'endroit que j'ai choisi. Un hôtel cinq étoiles avec piscine, spa, hammam… j'ai peut-être vu trop grand.

— Chérie, c'est superbe ici !

— J'espère que ça te plaît.

— Jusque-là, oui. Merci de m'avoir hurlé dessus, me dit-il en me faisant un clin d'œil. Tu es une femme formidable, ma femme, et je passe à côté de toi sans te voir.

— Parce que je suis transparente ?

— Non, Rita… juste la routine s'est installée et je ne prends plus le temps d'apprécier à leur juste valeur les bijoux que je possède.

— Tu ne possèdes rien. Et je ne suis pas acquise, David.

Il se ferme instantanément. Qu'est-ce qui me prend ? Décidément, je fais pas mal de faux pas. Pourquoi, j'ai dit ça ? OK, on n'appartient à personne, mais il me fait une splendide déclaration et je casse la magie du moment avec mes idées à la con. Championne du monde de la frustration, Rita !

— Désolée David, ce n'est pas ce que je voulais dire.

— T'inquiète, je te connais depuis le temps. Tu as raison, rien n'est acquis. Allons découvrir notre chambre.

Il me fait un nouveau clin d'œil. Je me dis que je vais pouvoir étrenner mes nouveaux sous-vêtements achetés pour l'occasion. J'espère que je n'en ai pas trop fait. J'ai l'impression d'être déguisée.

Le concierge nous confie notre clef et nous explique comment se rendre dans les différents espaces détente. Sans oublier le restaurant, car je nous ai réservé un dîner « Jeune couple » ce soir. Tout se déroule comme les filles l'ont prévu. Je suis aux anges et rassurée.

On arrive dans notre petit nid d'amour. David visite la pièce et quand il voit la salle de bain, je sens qu'il se projette dans la baignoire. Jamais nous ne prenons le temps de savourer un bon bain moussant.

— Tu peux te faire couler un bain si tu veux. Pendant ce temps, je range nos affaires et je vais lire un peu.

— T'es sûre ?

— C'est aussi pour se détendre qu'on est là…

Il m'embrasse et se déshabille. Il est devant moi en caleçon. Je le connais et pourtant, j'ai l'impression de le découvrir. On n'a plus quinze ans et nous n'avons plus le même corps, mais même si la fermeté n'est plus tout à fait présente, j'ai envie de mon mari comme au premier jour. J'espère qu'il en sera de même pour lui. Il se fait couler un bain et prend le magazine moto que je lui ai acheté pour ces deux jours de repos et de retrouvailles. Il plonge dans son bain et je le vois se délecter de ce moment de détente.

Pendant ce temps, je défais nos sacs. Puis, je me dis que c'est le moment de me déshabiller à mon tour. Je suis donc en tenue affriolante, style soubrette. Comme dirait Stefy « pour tenir haut le flambeau de David ». Celle-ci et sa désinvolture envers les mecs. Je vais faire le coup du room service à David. Les filles et leurs idées folles !

Je toque à la porte de la salle de bain avec la ferme intention de m'inviter dans la baignoire. David me demande ce qu'il y a.

— C'est le room service. Je peux entrer ?

— Bah oui, entre !

Il me regarde et se met à rire en voyant ma tenue. OK, raté et super vexant !

— Sérieux ? c'est quoi ce déguisement ?

Je n'arrive même pas à parler. Je sens les larmes monter et file dans la chambre. Je me dépêche d'enlever « ce déguisement » et m'effondre sur le lit. J'entends David sortir du bain. Je sens qu'il s'approche. Je voudrais être une souris et être au fond d'un trou. Après être transparente, je suis aussi ridicule.

— Rita, regarde-moi.

— Non !

— Rita…

— Tu as ri en me voyant. Tu me trouves grotesque.

— J'ai été surpris, oui. Mais franchement, tu crois que j'ai besoin de ce genre d'accessoire pour te trouver sexy et avoir envie de toi ?

— On ne fait plus souvent l'amour…

— Parce que JE ne me plais plus…

Je me retourne et le regarde. Il a les yeux brillants. Comment ai-je pu passer à côté de cela ? Je lui fais signe de s'asseoir à côté de moi. Il s'exécute.

— Tu ne te plais plus ?

— Non, j'ai grossi et j'ai plus de bourrelets que de muscles. Je me dis que je ne peux plus te faire envie.

— David, je t'aime, comme tu es et, à mes yeux, tu es toujours séduisant. Tu es de la bombe, bébé !

Il éclate de rire. Il a toujours aimé ce côté paradoxal chez moi : réservée et en même temps, fofolle.

— C'est toi qui es une bombe chérie.

— Ah oui… montre-moi ça

Son corps nu s'étend sur le mien également dévêtu. Je n'ai aucun doute sur son envie de moi. Je sens pointé son enthousiasme sur mon bas ventre. Il m'embrasse langoureusement dans le cou, sur les seins, le nombril et descend plus bas. Ses mains se promènent sur ma poitrine tandis que sa bouche s'agite sur tout mon corps. Le plaisir est imminent. Je veux le faire durer. Je lui attrape les cheveux et l'invite à s'allonger sur le dos pendant que ma bouche s'approche dangereusement de son sexe. Après quelques secondes, il m'attrape, me remonte, et ma bouche rejoint la sienne. Nous nous embrassons comme quand nous avions quinze ans. C'est intense. Après de somptueux va-et-vient, nous sourions simultanément. Deux ados qui se découvrent. Il me regarde, sourit, m'embrasse et nous restons, un bon moment, blottis l'un contre l'autre.

Nous avons passé l'après-midi à nous promener dans le village, main dans la main. Nous avons fait du shopping, nous sommes arrêtés dans un salon de thé pour profiter d'un chocolat chaud. Plus tard, nous avons dîné, et avons fini la soirée, enlacés. Que c'est bon de se sentir aimée ! Une cure de jouvence, digne d'un film de Noël en plus torride.

Le lendemain matin, nous profitons de la piscine. L'eau est chaude. Nous nageons et jouons dans l'eau, puis terminons la matinée avec un sauna. Nous déjeunons dans un restaurant à quelques pas de l'hôtel, puis nous faisons nos sacs et reprenons la route de la maison.

— Merci chérie pour ces deux jours. Ça m'a fait du bien de te retrouver.

— Idem !

— Ne doute pas que je t'aime.

— Je ne doute pas.

Sur la route, deux sourires niais sont figés sur nos visages. Ce moment était nécessaire pour nous rapprocher et nous rappeler combien il est important de s'accorder du temps et d'en profiter. Nous passons chez mes parents récupérer Ben et nous rentrons tous les trois à la maison. Je ne peux m'empêcher de chanter : « Une nuit d'amour ne s'oublie jamais… ». David sourit. La soirée est détendue, joviale. Ben s'amuse avec David, chose qu'il n'avait pas faite depuis longtemps. Je ne sais pas si sur le long terme ça continuera ainsi, mais je savoure ces instants de complicité retrouvée.

Je pense déjà à l'organisation d'un prochain week-end à deux…

Chapitre 7
Un nouveau départ

J'avais préparé le terrain avec les filles. Je leur avais dit que Chris et moi, nous éloignions malgré notre emménagement en Normandie. La situation était bien plus compliquée que cela. Chris ne vivait que pour sa nouvelle boîte : il buvait et mangeait « Aéroline ». Il parlait de ses nouveaux collègues, des projets de délocalisation de certains pôles… ses projets ne m'incluaient jamais. Un soir, j'ai mis les pieds dans le plat (et les mains dans la marmite).

— Chris, ce serait bien que tu prennes une journée de congé qu'on puisse profiter tous les deux, se balader, faire du shopping, parler de nous…

— Je viens de prendre mon poste Eva. Je ne peux pas prendre une journée. Dans quel monde vis-tu ?

— Je dis juste qu'on ne se voit pas alors qu'on vit sous le même toit. Et cela fait déjà plusieurs mois que tu es dans ta boîte.

— Je t'ai ramené chez toi, tu as tes amies, un bon job… je ne te comprends pas !

— Ah d'accord ! Monsieur me ramène « chez moi » et pense que ça résout tout ! dis-je en hurlant.

— Parce qu'on a des choses à résoudre ?

— Ben oui.

— Lesquelles ?

— Un couple, c'est deux personnes qui partagent leur quotidien, leurs passions, leurs fous rires, leurs inquiétudes, leurs projets…

— Et ?

— On ne fait rien de tout ça !

— Je te parle de mon boulot et je te dis quand je suis inquiet de ton état semi-dépressif.

— Oui, tu parles de TON boulot, de TES collègues, de TES projets et où est le « nous » ? et tu sais où tu peux te le mettre mon état semi-dépressif ?!

— Eva, ce sont des caprices tout ça. Si tu as besoin d'être rassurée, va voir tes parents.

— Chris, tu te rends compte de ce que tu dis ?

— Je ne sais plus comment te prendre : ça n'allait pas sur Nice, ça ne va pas ici. J'ai l'impression que ça n'ira jamais nulle part.

— Parce que j'ai envie d'autre chose !

— Et de quoi ?

— Je veux être avec toi, partager des choses avec toi, ne serait-ce qu'un dîner. Et je veux des enfants.

Chris se lève de sa chaise et me tourne le dos. Je sais que ce dernier point est problématique. Je me lève et m'approche de lui. Je l'enlace par la taille et tente un baiser dans le cou. Il me repousse vivement.

— Je ne veux pas d'enfant Eva. Et ce n'est pas le moment.

— Ce n'est jamais le moment. On peut en parler au moins.

— Non, je te veux toi, et seulement toi.

— Ah non, tu veux juste une femme qui remplisse le frigo, fasse le ménage et soit là pour tes besoins.

Ces mots s'accompagnent d'un regard noir.

— Tu aimes autant que moi ces moments intenses qu'on partage. Tu vois qu'on partage des choses. Il lui fait un clin d'œil.

C'en est trop pour moi.

— On ne partage rien. Une culbute vite fait bien fait quand tu as cinq minutes à m'accorder. Tu sais, tu pourrais te soulager avec une collègue de ton bureau, ce serait pareil.

— N'importe quoi ! Tu me fais quoi là ?

— Tu ne m'aimes pas Chris, tu aimes juste la femme qui est là quand tu rentres à la maison. On ne sort pas, on n'invite personne, tu es dans ton monde et visiblement je n'en fais pas partie.

Je me réfugie dans la chambre sans montrer mes larmes qui coulent déjà. Je pense avoir trouvé les mots pour déclencher une réaction chez Chris. Il va venir dans la chambre, me rassurer et me promettre de faire des efforts.

Malheureusement, ce n'est pas ce scénario qu'il retient. Il vient dans la chambre et s'assoit près de moi.

— Tu as raison.

Une lueur d'espoir me traverse l'esprit. Je me retourne vers lui et attends la suite, les yeux brillants et impatiente comme une petite fille.

— Eva, nous ne voulons pas les mêmes choses. Avant de tout gâcher, je me dis qu'il est peut-être mieux de se séparer et peut-être ainsi trouver ce qui nous correspond.

Je ne m'attendais pas à ce rebondissement. Je le regarde à nouveau avec les yeux noirs, un mélange de tristesse et de colère.

— Tu te fous de moi !

— Tu me dis que je ne t'apporte pas ce dont tu as besoin. Je te dis qu'en effet, je n'en suis pas capable. Plutôt se séparer que se déchirer. Je souhaite vraiment que tu trouves une personne auprès de laquelle tu seras épanouie. Je t'aime mais visiblement pas assez… pas comme tu le veux.

— Parfait, tout est dit. Je ne te retiens pas !

— Parce que c'est à moi de partir ?

— Oui !

— Je suis venue ici pour toi, Eva.

— Non, tu es venu ici pour toi. Tu vas maintenant apprendre à découvrir cette ville en cherchant un appartement. Ça te fera sortir un peu. En attendant, je t'invite à trouver une chambre d'hôtel ou une bonne âme qui voudra bien t'héberger. Tu dois avoir ça dans TES super collègues !

— Eva, je ne veux pas que ça se termine comme ça… je…

— Trop tard, Chris. Merci pour ces quelques années de colocation. Je te recommanderais et te mettrais trois étoiles sur coloc.com !

— Tu es dure et injuste.

— Sans doute. Je suis surtout malheureuse et je me sens stupide d'avoir cru que nous finirions notre vie ensemble. S'il te plaît, laisse-moi.

Chris fait un sac d'affaires, prend son ordinateur et part. Il viendra récupérer le reste de ses affaires lorsqu'il sera installé. Il dépose ses clefs sur la table du salon et ferme la porte sans se retourner. Je reste assise sur le lit, la tête dans les mains et le cœur brisé. Mes réactions sont incontrôlables ces temps-ci et je sais pourquoi.

Six semaines après cette scène, j'ai enfin déclaré à mes amies notre séparation. Je leur ai fait part de nos divergences d'opinions. Mais il y a une chose que j'ai gardé pour moi…

J'ai pris mes habitudes de jeune femme célibataire. J'invite mes amies à dîner, à prendre l'apéro, je sors, je vais au cinéma. Je me suis inscrite dans un club de yoga. Charlie a quelque influence sur moi. Un soir, alors que je me retrouvais seule à l'appartement, je me déshabille et me regarde sous toutes les coutures. Je me mets face au miroir et pose les mains sur mon ventre.

— Toi et moi, bébé, pour la vie.

Chapitre 8
Tout vient à point…

Charlie s'éclatait dans son travail et menait de front son rôle de maman, de femme et de fée du logis. Paul savait que derrière ses activités multiples, sa femme fuyait… mais fuyait qui, quoi ?

Charlie s'était mise à la méditation. Elle aimait ces moments de calme. Elle avait eu un rendez-vous avec une psychothérapeute, mais n'y était pas retournée, estimant qu'elle ne lui serait d'aucune aide.

Un samedi soir, après avoir joué avec les enfants et les avoir couchés, Paul et Charlie se retrouvent seuls. Paul souhaite profiter de l'occasion pour questionner sa femme sur ce qu'elle garde pour elle. En parlant de sa soirée de la veille avec le G5, il espère qu'elle se confie sur son état. Elle ne lui dit pas qu'elle est triste et qu'elle a du mal à faire son deuil. Elle fait comme si…

— Enfin seuls… c'est devenu si rare.

— Tu as raison. Les petits démons sont couchés. Un peu de répit.

— C'était comment ta soirée hier ? Les filles vont bien ?

— Ah, oui, très bien. Nous avons ri, un peu bu et bien mangé. D'ailleurs, il faudra que nous allions dans ce restaurant, c'est délicieux. Rita voulait changer d'environnement. Le patron propose une carte différente chaque jour et chaque semaine, suivant les produits frais et locaux qu'il reçoit. « Chez Gustave », une bonne adresse. Tu vas adorer.

— Je suis partant pour un petit dîner en amoureux !

— C'est noté.

Charlie reprend son magazine. Paul n'ose pas la relancer car elle ne se pose pas souvent dans le canapé. Mais c'est plus fort que lui.

— Et les filles ?

— Ça va. Stefy a l'air heureuse. J'ai hâte de rencontrer l'heureux élu. Rita a retrouvé une seconde jeunesse avec David. Julie réfléchit toujours quant au devenir de son couple, même si la discussion a repris entre eux. Obligés puisqu'ils habitent sous le même toit ! Wait and see. Et Eva a l'air bien malgré sa séparation. Je ne sais pas pourquoi, j'ai l'impression qu'elle nous cache quelque chose… hum. Elle n'est pas comme d'habitude. Je me fais peut-être des idées. En tout cas, on a tous la santé et c'est ce qu'il y a de plus précieux. Ma famille et mes amies vont bien, je suis heureuse d'être si bien entourée.

— Et toi ?

— Quoi moi ?

— Et toi, chérie, comment tu vas ?

— Bah bien. Tu le sais. J'ai la santé, un boulot qui me plaît, une famille adorable qui m'apporte ce dont j'ai besoin. Je vais bien, ne t'inquiète pas.

— Alors pourquoi j'ai l'impression que tu fuis la réalité et que tu multiplies toutes les activités possibles et imaginables. C'est bien simple, entre la méditation, le ménage, la peinture, la danse. Et le soir, tu t'occupes des enfants, tu prépares à manger, tu t'isoles pour regarder vers le ciel, on mange et ensuite tu écris ou lis. On ne se voit plus beaucoup car tu es partout… et nulle part. Tu ne te confies plus à moi, comme tu le faisais avant…

Il s'interrompt. Charlie a de nouveau ce regard fuyant et elle sourit. Elle se rapproche de lui.

— Tu te sens abandonné, mon doudou… tu veux que je te fasse un gros câlinou pour te rassurer ?

— Et toi, as-tu besoin d'un câlin ?

— Toujours avec toi !

— Charlie, tu fuis les conversations, pourquoi ? J'ai fait quelque chose de mal ? Pourquoi tu ne me dis rien ?

— Ah non, pas nous ! tu ne fais rien de mal et j'ai toujours envie de toi… d'ailleurs, je te le prouve assez… je suis exténuée, dit-elle en feignant de bailler.

— Pourquoi tu ne me racontes plus rien ?

— Parce que je ne veux pas t'ennuyer. Tu as assez de tes journées.

— Tu ne m'ennuies jamais, tu le sais. Je t'observe… Charlie, tu ne me dis pas comment tu vas depuis la disparition de ta mère… d'ailleurs, tu ne me parles pas de son décès. Tu étais présente. On appelle cela un traumatisme.

Ça y est, c'est sorti. Il sait qu'il se lance sur des sables mouvants et dangereux. Charlie le regarde fixement mais aucun mot ne sort. Il lui prend la main, comme pour lui donner du courage, la mettre en confiance. Elle baisse les yeux.

— Je… je… je suis perdue, Paul. Je me rends compte que je m'éparpille pour éviter de penser. J'ai sans cesse ces images, les dernières images qui reviennent en boucle. Je suis dans un labyrinthe et je ne trouve pas la sortie.

— Charlie, tu ne dors plus. Je le vois bien. Tu fais des nuits de 3, 4 heures et en plusieurs fois. Je te connais. Tu n'es pas sereine et je te sens fébrile.

— Laisse-moi du temps pour accepter et aller mieux. Je gère.

— Tu gères, comme d'habitude !

— Quoi comme d'habitude ?

— Tu refuses mon aide. Tu veux faire cavalier seul.

— Non, je veux juste ne pas t'imposer mes états d'âme.

— Charlie, tu as perdu ta mère il y a un an, dans des conditions tragiques. Tu n'as pas voulu te faire aider, tu n'as pas voulu en parler. Même à Julie !

— Parce que tu m'espionnes ? et en plus, je lui en ai vaguement parlé à Julie.

— Non, je m'inquiète. Tu ne vas pas pouvoir faire illusion longtemps. Tu vas avoir le contrecoup et la réalité va faire mal. Chérie, tu n'es pas responsable de ce qui est arrivé.

— J'aurais peut-être pu…

Charlie s'effondre. Paul voulait que ça sorte, il fallait que ça sorte. Il la prend dans ses bras. Elle sanglote si fort qu'il peut sentir chacun des battements de son cœur. Il essuie les larmes le long de ses joues. Elle n'arrive plus à s'arrêter. Elle pleure et ça lui fait du bien.

— Tu ne pouvais rien faire…

— Je pouvais deviner.

— Non, Charlie. Ta mère avait décidé de cacher sa maladie qui a été rapide et sournoise. Tu la connaissais : « hors de question d'aller voir un médecin. Il te trouve toujours un truc ». Sacrée Mérédith ! il sourit tendrement.

— Foutue maladie et foutue Mérédith !

— À qui en veux-tu ?

— À ma mère de ne pas avoir pris les choses en main, de ne rien avoir dit. À cette foutue maladie. À celui qui est soi-disant là-haut et qui n'a pas levé le petit doigt. À moi, qui n'ai pas deviné et qui n'ai pas pu lui dire tout ce que je voulais.

— Et tu voulais lui dire quoi ?

— Plein de choses… que j'étais fière d'être sa fille, que je l'admirais pour son courage dans toutes les épreuves, qu'elle était une mamie formidable, une maman au tempérament de feu, qui a su nous guider et faire de nous ce que l'on est… et puis, que je l'aimais.

— Elle le savait, chérie.

— Je l'aimais si fort. On ne dit pas assez aux gens qu'on les aime parce qu'on se dit qu'on a le temps… mais c'est pas vrai, on n'a pas le temps.

— Et donc, c'est pour ça que tu fais deux, voire trois journées en une… pour avoir le temps. Tu crois que tu peux le battre à son propre jeu, ce fameux temps ?

— Je ne sais pas. M'occuper me libère de toutes ces pensées parasites et je n'ai pas le temps d'être triste comme ça.

— Il faut que tu sois triste, tu as le droit, Charlie. Tu ne peux pas faire semblant. Tu arbores un joli sourire du matin au soir. Tu donnes toute ton énergie aux autres, dont je fais partie et je t'en remercie. Mais j'aimerais que tu prennes soin de toi et que tu le prennes ce temps pour vivre pleinement ta tristesse, la digérer et l'apprivoiser. Il n'y a qu'ainsi que tu iras mieux. Il faut accepter d'être triste, ma petite Wonder woman adorée.

— Je sais que tu as raison. Mais c'est si dur. Tellement de choses me ramènent à elle. Il m'arrive de lui parler, tu sais ?

— Je sais. D'ailleurs, au début j'ai flippé quand je te voyais t'adresser aux nuages…

Charlie lui donne une tape sur l'épaule. Il voulait la faire sourire car il n'aime pas voir sa femme aussi malheureuse, et il y parvient.

— Charlie, ta mère voudrait que tu penses à toi. Elle te regarde sans doute et veille sur nous. Crois-tu vraiment qu'elle a envie de te voir malheureuse ? Tu as le droit d'être triste, mais tu es en vie, et nous, on a envie de te voir sourire, pour de vrai, et redevenir la Charlie d'avant. Tu es tellement solaire ma chérie que toutes ses ombres qui traversent ton esprit te donnent mauvaise mine.

— Paul ! Tu sais quoi ?

— Non

— Si tu n'existais pas, il faudrait t'inventer !

— Il n'y a que moi et on a cassé le moule. Chanceuse que tu es !

— Oh oui, je suis chanceuse. Je t'aime. Merci d'être toi.

— Merci d'être toi aussi. Promets-moi de faire le nécessaire et de me laisser t'aider.

— Je te promets. Je vais avancer, sans courir, et savourer chaque instant avec les enfants et toi, ma famille et mes amis.

Il la regarde avec une moue dubitative en attendant d'autres mots. Elle comprend.

— Et, je retournerai voir la psycho-thérapeute. On ne sait jamais !

— Tu sais que je te trouve sexy quand tu as l'air perdue ?

— Ah oui ?

Elle regarde loin devant elle, en direction de leur chambre. Paul la soulève et la porte jusque dans leur lit.

— Je vais t'aider à retrouver ton chemin.

Chapitre 9
Juste une mise au point
(et là, vous êtes en train de chanter la chanson de Jackie Quartz)

Les semaines passaient et la colocation entre Julie et Steeve se passait sereinement. Max sentait une certaine tension mais ses parents s'appliquaient à faire illusion. Julie évitait au maximum de croiser Steeve. Ils alternaient le couchage dans la chambre d'ami sans que Max s'en aperçoive. Steeve tentait des rapprochements : il préparait le café de Julie, il faisait le ménage, lui achetait ses magazines préférés, veillait à ce qu'elle ait toujours du chocolat dans le placard… sur ce dernier point, Julie a toujours été intraitable. Elle adore finir ses repas avec du chocolat, enfin quand Steeve daigne lui en laisser. Cela met Julie dans une rage folle quand il n'y en a plus. « Ça s'appelle du respect, Steeve ! », lui dit-elle souvent. S'il y a bien une chose à laquelle il ne faut pas toucher, c'est le cho.co.lat de Julie.

Julie remarquait les attentions de son mari et l'observait. Mais était-elle prête à lui pardonner ? Ces quelques semaines lui avaient permis de se concentrer sur cette question et enfin, elle avait un début de réponse. Elle l'aimait encore, malgré sa trahison, leur trahison. Elle ne souhaitait pas l'excuser car il l'avait quand même fait culpabiliser de son incartade, alors que lui ne s'était pas gêné… et avait gardé contact avec cette « bip » de Ludivine.

Parfois, elle se projetait seule avec Max. Un petit appartement, des balades le week-end, des sorties cinéma et puis, d'un coup, l'image de Steeve qui venait le chercher pour son « tour de garde ». Elle savait qu'elle ne devait pas rester pour Max. Il grandissait et un jour, il volerait de ses propres ailes. Il fallait qu'elle reste pour une bonne raison : parce qu'elle aimait encore Steeve. Sinon, ce n'était pas la peine de songer à faire du neuf avec du vieux (expression désuète datant du 18e mais exprimant clairement son sens). Julie avait bien conscience qu'il fallait vivre avec ce qui s'était passé et non tirer un trait dessus. Soit ces « erreurs » ou « mésaventures » les rendaient plus forts, soit cela sonnait le glas de leur mariage. RIP les belles promesses.

Depuis, elle appréciait davantage les dîners avec le G5. Les expériences de chacune, leur point de vue singulier, lui apportaient beaucoup. Le dernier dîner avait eu son lot de surprises… encore. Stefy avait enfin parlé de Maxime. INCROYABLE ! Enfin un homme qui réussit à l'amadouer et dont elle ose nous parler sans une once de sarcasme. Vivement qu'on rencontre cette perle rare ! Rita se réjouissait du renouveau de son couple. David donnait beaucoup de sa personne pour que cela fonctionne à nouveau entre eux. Il mettait un point d'honneur à lui faire une surprise les jours de congés : un petit déjeuner au lit, une balade à deux, un restaurant tous les trois avec Ben… elle semblait être sur un petit nuage. Ce qui donnait, en secret, de l'espoir à Julie pour son couple. Bien que ses amies fussent au courant de ce qui s'était passé, Julie ne souhaitait pas en discuter trop souvent et leur avait demandé de taire le sujet lors de leur dîner sauf si elle demandait conseil. Elle leur ferait savoir quand elle aurait pris sa décision. Charlie avait expliqué la discussion avec Paul au sujet de son deuil – ou non deuil – et avait pris les choses en main pour profiter pleinement des beaux instants. Elle avait engagé un travail avec une psychothérapeute. La première séance avait été compliquée, pas pour Charlie, mais pour la psy qui ne parvenait pas à lui arracher trois mots. Charlie attendait qu'elle lui pose des questions et la psy attendait que Charlie s'ouvre et explique ce qui l'amenait. Du coup, Charlie avait à nouveau quitté la séance en lui disant qu'elle ne savait pas trop à quoi elle servait… elle a dû apprécier. Et deux ans de psychanalyse pour la psychothérapeute ! Finalement, notre Chacha nationale s'est présentée à la troisième séance en lui disant : « Je suis prête à m'auto-répondre puisque c'est le principe, paraît-il ». Sa psy a souri et la séance s'est déroulée comme il fallait : Charlie a fondu en larmes et s'est délestée de sa culpabilité, de sa souffrance. Les vannes étaient ouvertes. Depuis, Charlie pleurait pour tout : une bonne nouvelle, une mauvaise, une mère et sa fille croisées dans la rue, un couple qui s'embrasse… une Charlie thérapie ! Quant à Eva, elle semblait épanouie dans sa vie de célibataire mais elle se laissait aller côté vestimentaire : bienvenue au tout pour rien. Des pulls longs et amples, rien à voir avec ses robes droites et ses jeans slims. Julie en avait parlé avec Charlie qui la rejoignait sur le fait qu'Eva ne savait plus se fringuer. Elles avaient même pensé qu'étant seule, elle avait moins de revenus et plus de charges, et du coup peut-être avait-elle besoin d'aide… elles s'étaient promis d'aborder le sujet au prochain G5.

Autre priorité : les anniversaires de fin d'année. Plus que trois mois pour Charlie, Julie et Eva. Passage à la trentaine, activé ! Elles avaient trouvé une salle pouvant recevoir tout leur entourage : familles et amis confondus. Elles devaient se mettre d'accord sur la liste des invités, le buffet, les surprises… les préparatifs leur occupaient l'esprit et c'était plutôt une bonne chose. Stefy et Rita leur transmettaient les galères à éviter et les astuces qu'elles avaient en tant qu'anciennes… ou nouvelles trentenaires. Elles aidaient énormément d'un point de vue logistique.

Steeve voulait d'ailleurs profiter de la fête prochaine pour renouer avec sa femme.

— Julie, puis-je préparer quelques surprises pour vos anniversaires ?

— Quel genre ?

— Des films qui retracent votre enfance, vos souvenirs, des photos… Un retour sur ce que représente votre amitié.

— J'aimerais plutôt un regard vers, plutôt qu'un retour sur.

Julie avait lâché ce message sous-entendu à son mari et il avait saisi le sens. Il se sentait perdu. Il voulait clairement évoquer le sujet avec sa femme mais il avait peur. Peur de se faire rejeter. Il aimait Julie et regrettait ce qui s'était passé. C'était fait et il fallait assumer.

— Chérie.

Il sentit Julie se raidir quand il l'appela ainsi. Des gouttes de sueur perlaient dans son dos. L'avait-il perdue pour toujours ? Il ne pouvait envisager cette option. Mais le visage fermé de Julie ne laissait que peu d'espoir.

— Julie, reprit-il. Je veux participer à vos anniversaires, préparer des surprises pour toi et tes amies. Je veux que tu te souviennes de cette soirée. Je veux que tu sois heureuse et je veux te surprendre.

— C'est bien aimable de ta part.

— Julie, cesse de me torturer. Dis-moi : veux-tu ou plutôt peux-tu me laisser une seconde chance ?

Julie savait que c'était l'heure de vérité et qu'elle ne pouvait pas éviter cette question ad vitam eternam. L'heure était venue. Il lui fallait assumer ses sentiments.

— Même si cela ne va pas être simple, et je te prie de ne pas t'emballer trop vite, je t'aime et je n'ai pas envie de me dire un jour « j'aurais dû lui donner une seconde chance ».

— Oh Julie… Steeve était submergé. Es-tu sûre ?

— Que veux-tu dire ? Tu préfères que je te quitte ? Peut-être que ça t'arrangerait ?

— Non ! bien sûr que non. Je veux être certain que tu le fais parce que tu en as envie et non pour le regard des autres ou même, pour Max.

— Steeve, je sais qui tu es. Tu as commis une erreur et tu m'as menti. Je ne suis pas mieux que toi et je le reconnais. La confiance va mettre du temps à se réinstaller.

Toutefois, mes sentiments ont toujours été et sont toujours là. Je ne veux pas lutter contre. Je t'en veux. C'est un fait. Je t'aime. C'en est un autre. Je ne te dis pas que ça va être simple et que tout va reprendre comme avant, mais j'ai envie d'essayer.

— Moi aussi, Juju. Je t'aime et je vais tout faire pour te retrouver, nous retrouver.

Il s'approche pour la prendre dans ses bras. Elle a ce petit réflexe de recul, puis le regarde, déstabilisé, et se blottit dans ses bras, la tête sur le côté, les yeux fermés, heureuse de cette ébauche de renouveau. Heureuse de pouvoir à nouveau le sentir près d'elle.

Chapitre 10
Tout ira bien

Stefy et Maxime filaient le parfait amour. Les jours passaient et Stefy rentrait de moins en moins chez elle. Sans se l'avouer, elle aimait la compagnie de Maxime et le fait de pouvoir partager sa vie et ses états d'âme avec une personne attentive, compréhensive… Maxime avait remarqué qu'elle rentrait moins souvent chez elle, mais il ne voulait surtout pas le souligner de peur qu'elle ne le fasse plus. Réveiller ses angoisses est la dernière chose qu'il souhaite.

Ce soir, c'est le grand soir. Un dîner du G5, enfin du G9. Ce soir, les hommes sont conviés pour enfin faire la connaissance de Maxime. Ce dernier est ravi. Il a même hâte de tous les rencontrer. Stefy est dans un état proche de l'Ohio (petite chanson pour détendre l'atmosphère, ah Adjani quand tu nous tiens). Elle est livide et arbore un sourire figé, tendu. Elle sait que c'est l'épreuve du feu. Elle connaît la bienveillance de ses amis, cependant présenter Maxime marque aussi un engagement. Et le G5 n'a pas fait les choses à moitié, non seulement les filles viennent avec leurs maris, pour celles qui en ont, mais aussi les enfants…

« Existe-t-il un monde parallèle où je peux m'enfuir ? », se dit-elle.

— Mon ange, tout va bien se passer. Tes amis ne vont pas me manger et ce n'est pas non plus mon intention. Relax, ça va aller. Que veux-tu qui se passe ?

— Je sais Max. Je les connais. Ils vont t'observer, te poser des questions, vouloir connaître tes intentions vis-à-vis de moi, notre avenir… tu ne soupçonnes même pas l'acharnement dont tu vas être victime. Ils vont te cuisiner et pas à feu doux.

— Et ?

— Et moi je ne suis pas prête.

— Stefy, c'est moi l'objet de curiosité ce soir. Ne t'en fais pas, je vais gérer. Je vais rester moi-même et répondre à leurs questions en toute sincérité. Toute la vérité !

— Quelle vérité ?

— Que nous aimons passer du temps ensemble et que nous nous projetons dans l'avenir, et…

Tout à coup, Stefy devient blême. Maxime voit qu'elle est stressée, contrariée, désabusée, mortifiée.

— Tu étais d'accord pour que je les rencontre.

— Oui, bien sûr. Max, leur parler de notre avenir est un peu rapide pour moi.

— Pourquoi ? tu n'es pas sûre de nous ?

— Si, je suis sûre de nous, aujourd'hui. Mais demain ? Que peut-il advenir de nous ? Qui sait ce que l'avenir nous réserve ?

— Personne ne le sait. C'est ce qu'il y a de beau justement, Stefy. Vivre chaque jour, ensemble, se découvrir et construire.

— Bien sûr, tu as raison. Mais toi, tu as des envies.

— Oui, comme tout le monde. Toi aussi, non ?

— Oui, je sais ce que je veux et aussi ce que je ne veux pas.

— Très bien et qu'est-ce que tu ne veux pas ?

— Maxime, nous n'en avons pas encore parlé, mais ça peut venir ce soir sur le tapis et je veux que les choses soient claires.

— Tu me fais peur.

— Maxime, je ne veux pas d'enfants.

Il reste figé pendant quelques secondes. Un coup de massue. Un astéroïde venu s'échouer dans son esprit.

— Stefy, il n'en est pas question pour le moment.

— Tu ne comprends pas, je n'en veux pas du tout.

Elle semble comme habitée et convaincue. Son choix semble irréversible.

— Comment ça, pas du tout ?

— Que ce soit toi ou un autre, je ne veux pas d'enfant.

— C'est un choix. Crois-tu que tu puisses changer d'avis ?

— Ça remet en cause notre couple ?

— Je veux seulement savoir s'il est possible que tu changes d'avis…

Stefy se trouve interdite. Elle veut être une petite souris au fond d'un trou dans lequel personne ne peut la trouver. Avoir un enfant, c'est aussi supporter l'idée qu'un jour elle puisse volontairement ou non, l'abandonner. Elle tente de l'expliquer à Maxime, le plus sincèrement possible. Elle lui explique la souffrance qu'elle a ressentie lorsque sa mère est décédée. Elle pleure car désormais elle a peur de le perdre à cause de cette révélation. Elle a choisi son jour ! Pile le soir où il doit rencontrer ses amis.

— Je peux entendre ta crainte que ton enfant puisse se retrouver un jour seul. Malheureusement, c'est la vie, Stefy. Avec son lot de bonnes surprises et de déconvenues. Les parents partent avant les enfants, le plus tard possible, je te l'accorde, mais c'est ainsi. Quand l'enfant part avant le parent, c'est injuste, incompréhensible, mais cela fait aussi partie de la vie. Que je comprenne : tu ne veux pas d'enfants par peur qu'il se retrouve un jour sans toi ou tu n'as pas envie d'avoir d'enfant ?

— J'ai si peur... Stefy baisse les yeux et a soudain l'expression d'une enfant de 10 ans.

— Tu as perdu ta mère, certes. L'histoire n'est pas obligée de se répéter. Tu ne peux pas vivre avec des « peut-être que ». Tu dois vivre en écoutant tes désirs, en ayant confiance en demain. Nous sommes ensemble depuis quelques mois et je peux te dire que nous imaginer avoir un enfant ensemble m'a déjà effleuré. Non, parce que c'est la suite logique pour un couple mais parce que je t'aime, que je suis bien avec toi et que j'ai envie de construire une famille avec toi. Bien sûr, je crains l'avenir, car franchement le monde dans lequel nous évoluons est flippant, mais je veux y croire. Sinon, ça rime à quoi !

Stefy se trouve bête et est secouée par les mots de Maxime. Il n'a pas peur de lui déclarer sa flamme, de se projeter. Il est adulte et elle, est encore la petite fille avec ses peurs d'enfant. Oui, peut-être qu'elle sera un jour maman, mais il est trop tôt pour le décider.

— Stefy, il n'est pas trop tard. Si tu n'es pas sûre que je sois le bon et qu'un bout de chemin avec moi n'est pas ce que tu souhaites, dis-le-moi. Je peux l'entendre. S'il te plaît, ne me laisse pas imaginer une vie avec toi que jamais je ne pourrai avoir.

— Passer du temps avec toi, je le veux. Nous projeter dans le futur, je le veux. Devenir mère, je ne sais pas encore. Je veux bien y penser. En tout cas, si je dois avoir un enfant, alors je veux que ce soit avec toi. Mais, tout vient à point…

Maxime ne résiste pas à ces derniers mots et embrasse Stefy intensément. Ils savent que ce qu'ils éprouvent est pur. Maxime se penche et lui murmure à l'oreille :

— Je pense que nous allons être en retard…

Chapitre 11
Est pris qui croyait prendre

Eva navigue entre le boulot, les courses, le yoga et le G5. Même si parfois, Chris semble lui manquer, elle apprécie cette nouvelle vie sans contraintes, sans concessions, sans cette tension qu'il mettait sans s'en apercevoir, sans doute de manière involontaire. Elle voit bien que son ventre s'arrondit mais elle peut encore le cacher. Elle avait entendu dire que tant qu'on ne le dit pas à son entourage, il reste discret et ne grossit pas. Donc, elle tiendrait bon, jusqu'à ce que cela devienne une évidence, une grosse crise d'aérophagie ne faisant illusion qu'un moment.

Elle avait commencé quelques achats pour le bébé : de la layette, des capes de bain et des réserves de couches car elle se rappelait que Julie et Charlie se plaignaient du prix des couches. « Non mais sans déconner, 25 euros les 18 couches alors que franchement, ça finit où ? poubelle ! C'est une honte ! ». Dès qu'elle voyait une promotion, elle l'achetait. Son joli dressing s'était transformé en véritable palais pour bébé.

Ce soir, les filles viennent pour un apéro dînatoire. Elle s'affaire à tout ranger, tout cacher. Les filles voulaient une soirée « pif and from », mais Eva a trouvé un subterfuge pour éviter l'alcool et le fromage au lait cru. « Non, les filles, ce soir, je cuisine pour vous ! ». Les quatre autres, heureuses de se projeter un festin, se retrouvent tout de même un peu déçues de ne pas avoir leur soirée « pif and from ».

Eva prépare une soirée pierrade : « de la viande grillée et des petits légumes, excellent pour ce que j'ai ! ». Pour l'alcool, elle met deux verres et se contentera de ne boire que son verre d'eau. Il faut ruser pour ne pas se faire prendre.

Il faut qu'elle s'habille en cachant ses formes, même modestes, et sans trop non plus passer des vêtements qui ne lui ressemblent pas. Cela éveillerait sans doute les soupçons. Elle opte pour une petite robe noire (toujours en avoir une dans son dressing, le « must have ») avec un beau décolleté et qui part de façon évasée à partir du dessous de la poitrine. Avec cette robe « ni vu ni connu, les filles ne verront rien ». Contente du résultat, elle prépare la table pour l'apéro avec un soin particulier pour la décoration : des belles serviettes en tissu, des sous-verres qu'elles avaient achetés toutes ensemble lors d'un week-end shopping à Londres, des fleurs et des bougies. Une table digne d'un « dîner presque parfait ». Elle se mettrait facilement un huit sur dix.

Charlie arrive la première. Comme toujours, quand elle est invitée chez ses amies, elle apporte un cadeau qui correspond à chacune ou au moral du moment. Ce soir, elle arrive avec une boule en verre transparente et opaque. Eva ne comprend pas trop le message de Charlie.

— C'est super joli, ma Chacha. C'est un presse-papier ?

— Non.

— C'est utile ou juste décoratif ?

— Devine.

— Aide-moi !

— Non.

— Pourquoi ?

— Parce que tu ne sais pas ce que c'est et je n'ai pas envie de te le dire.

— Tu es bizarre. Mais bon, comme d'habitude. En tout cas, merci, j'aime beaucoup sa simplicité.

— Et son mystère, non ?

— Euh oui, peut-être aussi.

— C'est intrigant de ne pas savoir…

Eva se demande où Charlie veut l'emmener.

— Oui, c'est intrigant, mais je trouverai. Je percerai ton mystère, ah ah ah, dit Eva en imitant le rire d'une vieille sorcière.

— Moi aussi.

Charlie sourit et fait une moue, genre mystérieuse. Eva ne relève pas et pourtant Charlie enchaîne.

— Moi aussi, je découvrirai ton secret. Ah ah ah, en l'imitant.

Elle plante ses yeux dans ceux d'Eva qui se sent rougir. Elle ne peut pas lui dire, pas maintenant. Elle n'est qu'à trois mois et demi. Même si elle a passé le cap des satanés trois mois, elle veut garder son secret, encore un peu pour le moment.

Charlie sent la gêne de son amie, devenue muette.

— Détends-toi ma puce. Je blague. Bon avant que les autres hystériques de notre genre ne se pointent, peux-tu me prêter ta robe rouge ?

— Oui, bien sûr. Laquelle ? la longue ou la courte ? c'est pour quelle occasion ?

— Séduire mon homme ! Petit clin d'œil complice.

— Tu veux séduire Paul ?

— Oui, madame ! Rien n'est acquis dans un couple et comme je n'ai pas encore envie d'en changer, j'attise la flamme. Je lui organise une petite soirée en amoureux. Je dépose les enfants chez mon père et hop !

— Tu me fais rire. Je suis très admirative de ton acharnement à éviter l'ennui dans ton couple.

— Il faut ce qu'il faut. Une robe longue rouge avec le décolleté vertigineux dans le dos pour la 6 !

— Ça marche. Je vais te chercher ça avant qu'on oublie.

— Je te suis, comme ça, je regarde si je ne vois pas autre chose.

Eva se montre embarrassée. Si Charlie vient dans sa chambre et voit son dressing, elle va voir les couches et tous les achats pour le bébé. Elle tente une ruse :

— Je ne préfère pas. Depuis que Chris est parti, c'est un peu le bordel.

— Tu caches un mec dans ta chambre ou quoi ?

— Non, mais vraiment, c'est le souk.

— Depuis quand tu te soucies de ça ?

— À croire que le célibat me change.

— OK, j'attends ici. Mais je te préviens, j'entame les petits fours.

— Fais-toi plaisir, ma bichette.

Eva se rend dans sa chambre et prend la robe rouge. Elle la met dans un sac et l'apporte à Charlie, en souriant peut-être avec un peu trop d'insistance au goût de celle-ci. Elles commencent à grignoter, puis Charlie demande un verre en attendant les autres.

— On se prend un p'tit verre entre nous ?

— Si tu veux. Je te sers du vin ?

— Carrément !

Eva sert deux verres de vin. Au moment de trinquer, les deux filles se regardent dans les yeux et Charlie lance :

— À la vie ! À nous ! À l'amitié sans secret !

— À nous !

Eva repose son verre, ce qui n'échappe pas à Charlie.

— Faut boire ma grande avant de reposer ton verre.

— Attends j'ai un truc au four.

— Et alors, tu peux prendre une gorgée avant.

— Je vais attendre les filles.

— STOP ! Tu me fais quoi là ?

Eva ne peut pas berner son amie plus longtemps. Elle sait que Charlie ne lâchera rien. Elle tente une dernière esquive digne d'Harry Houdini :

— Chacha, je dois voir le médecin car j'ai quelques petits problèmes digestifs en ce moment. Rien de grave, mais je fais gaffe.

Charlie la regarde en coin. Elle commence à en avoir assez de jouer au chat et à la souris avec Eva.

— OK ma bichette. Tes problèmes digestifs ne seraient pas en lien avec une petite graine mal digérée ?

— De quoi ? Eva se sentit offusquée. *Comment son amie pouvait lui balancer ça !*

— Eva. Je t'aime. Mais là, tu te fous de moi. Tu crois que je n'ai pas repéré ton petit manège. Tu ne bois pas, tu ne veux pas que j'aille dans ta chambre, genre, « c'est le bordel ». Cela fait des semaines que tu t'habilles comme une ado de 14 ans avec des pulls larges et des baskets. Tu ne crois quand même pas que ta robe fait illusion ? Ce n'est pas au vieux singe ! Tu préfères que j'en parle avec les autres ou on se met au clair toutes les deux ?

— Je ne vois pas…

— Très bien. Je m'casse. Je croyais qu'on était amies.

Charlie se lève, agacée et fâchée, déçue qu'Eva ne lui fasse pas confiance. Elle prend ses affaires, boit une gorgée de vin et se dirige vers la porte d'entrée. Eva bondit et s'interpose entre Chacha et la porte.

— Charlie ! Reste !

— Pourquoi ?

Le ton de Charlie ne laisse aucune place à une nouvelle tentative d'évitement.

— OK… je suis enceinte.

Même si Charlie s'en doutait, l'entendre de la bouche d'Eva n'avait pas la même saveur. Les larmes montent et un sourire bienveillant prend place sur son visage rougi d'émotion.

— Ma chérie. Je suis si contente ! Tu vas être une maman formidable et moi, je suis à nouveau tata. Je kiffe ! En revanche, qui est le père ?

— Charlie !

— Je déconne… OK, ce n'est pas ma meilleure blague. Il est au courant ?

— Non, je n'ai pas eu le temps de le lui dire. Nous avons rompu le soir où je voulais lui annoncer.

— Donc, ça fait un peu plus de trois mois ! Comment tu te sens ?

— Ça va. Je crois. Au début, j'étais effrayée, puis je me suis faite à l'idée. Maintenant, je me réjouis de devenir maman. Même si ça fait tout bizarre.

— Tu peux compter sur moi, sur Paul, et bien sûr, sur les filles. Nous sommes une famille. Une pour toutes et toutes pour le G5, tu te rappelles ?

— Je sais. Je voulais juste passer le fameux cap et profiter encore un peu, seule avec mon bébé.

— Pourquoi ?

— À partir du moment où vous le savez, vous n'allez pas me lâcher, bande de sangsues.

— Plains-toi !

Elles s'étreignent et Charlie ne peut s'empêcher de poser sa main sur le ventre d'Eva.

— Je suis si contente. Même si ce n'est pas le cas de figure idéal, ce bébé a beaucoup de chance. On va fêter ça ! Enfin, toi à l'eau !

Elles discutent encore une vingtaine de minutes avant l'arrivée des trois autres convives. Elles parlent de la séparation d'avec Chris, du fait de ne pas lui dire pour le bébé, de commencer les achats pour que le bébé ne manque de rien…

Toc toc toc, le G5 est au complet. Quand les filles entrent dans l'appartement d'Eva, elles constatent une ambiance bizarre, voire pesante… Charlie fait un signe de tête à Eva, pour l'inviter à dévoiler son secret. Eva comprend le message.

— Stefy, Rita, Juju, j'ai quelque chose à vous dire…

— Tu t'es remise avec Chris ?

— Non, Stefy.

— Tu es malade ?

— Non plus. Rita, je vois que tu es toujours aussi sereine ! blague Eva.

— Tu es lesbienne ?

— Julie !

— Dis-nous, bichette, nous sommes toutes ouïes.

— Je vais essayer de vous le dire le plus simplement du monde…

Eva prend son temps et un air sérieux, ce qui inquiète les trois drôles de dames fraîchement débarquées. Julie, Rita et Stefy regardent fixement Charlie qui fait une moue en baissant les yeux. Les filles commencent à paniquer.

— Tu ne vas pas repartir, Eva ? interroge Julie.

— Non, rassurez-vous. Je vais juste avoir besoin de vous… encore plus que de coutume.

— Tu as besoin d'argent ? Tu t'es fait virer ?

— Non, Rita… vous allez devenir tatas.

— C'est pas vrai !

— Bah, si, j'attends un bébé.

— Et toi, tu le savais ? grogne Stefy en foudroyant Charlie du regard.

— Non. Je viens de le savoir. Comme vous ! Cela dit, vous n'êtes pas aiguisées côté observation.

— Comment voulais-tu qu'on devine ?

— Les filles. J'ai tout fait pour vous le cacher depuis trois mois et demi. Aujourd'hui, c'est le bon moment. Je suis ravie de partager la nouvelle avec vous, même si Chacha m'a légèrement forcé la main.

— On est tellement contentes pour toi. Si tu as besoin de quoi que ce soit, on est là. Tu le sais, hein ?

— Oui, Juju. Je sais.

La soirée se poursuit en parlant des préparatifs pour la venue au monde du bébé. Julie, Rita et Charlie font l'inventaire de ce qui leur reste et que le bébé pourra récupérer. Stefy propose de réaliser les travaux pour aménager la chambre de son futur neveu ou future nièce. Eva est heureuse de partager ce moment avec ses amies. Elle mesure sa chance de les avoir. Elle ne craignait pas de mettre au monde son enfant en sachant que le G5 est à ses côtés. Elles rient beaucoup, font des plans pour les futurs tours de garde pour qu'Eva retrouve une vie de femme par la suite. Elles pensent à tout et surtout au fait de dire ou non à Chris qu'il allait devenir papa.

— Ce n'est pas ce qu'il attend. Lui, c'est son boulot, son bébé.

— Tu n'as pas envie de le lui dire et de voir. Peut-être qu'il changerait d'avis…

— Les filles, promettez-moi que vous ne lui direz pas. S'il doit l'apprendre, ce sera par moi.

— Promis ! s'écrièrent les quatre futures tatas, toutes les doigts croisés derrière le dos.

C'était une promesse trop dure à tenir. Il s'agit d'un évènement qui ne peut être pris à la légère. C'est un changement dans la vie des futurs parents.

— Bon, après cette pause nurserie, je vous propose de passer à d'autres choses sérieuses. Un autre évènement arrive en fin d'année, soit dans moins de trois mois et il serait temps de s'organiser, dit Rita.

— Certes, ma grande ! Et en tant qu'anciennes ayant ouvert le chemin de la trentaine, nous nous devons de vous épauler dans cette tâche, dit Stefy en prenant un air solennel.

Elles se mettent toutes à rire. Stefy et Rita prennent leur rôle d'ainées très à cœur. La liste des invités s'établit, la salle est réservée. Restent le buffet, les playlists, les surprises à organiser. Il se fait tard. Il est temps d'aller se coucher. Toutes mettent leur main sur le ventre d'Eva en l'embrassant pour prendre congé.

Eva est soulagée de l'avoir dit au G5. Un poids en moins. Charlie, Rita, Stefy et Julie se séparent au bas de l'immeuble en se promettant de tout faire pour qu'Eva et le bébé ne manquent de rien. Elles se font un gros câlin et rentrent chacune chez elles, avec un sourire sur les lèvres.

Chapitre 12
Le sens de l'amitié en ce jour de fête

Le jour J est enfin arrivé. C'est l'effervescence dans la salle. Maxime, Steeve, Paul et David s'occupent d'installer les tables en « L », puis en « U ». Ils montent les éclairages, la sono, testent les playlists et le micro. Ils sont au courant pour Eva et lorsqu'elle arrive dans la matinée pour donner un coup de main, tous refusent son aide et Paul la fait asseoir sur une chaise, lui faisant promettre de ne pas bouger. C'en est trop pour la future maman. Elle n'a plus voulu d'homme dans sa vie et en voilà quatre qui la prennent pour une petite chose fragile. Elle interpelle Julie qui passe devant elle, les bras chargés de décorations en tout genre.

— Juju, éloigne les quatre mousquetaires s'il te plaît ! Je suis bien décidée à vous aider et à préparer NOS anniversaires.

— Ne fais pas attention à eux. Prends-le plutôt comme une attention, une marque d'affection.

— Oui, je sais, mais je me sens diminuée. Je suis seulement enceinte de cinq mois et demi.

— OK… ne jamais contrarier une femme enceinte donc tu vas m'aider à mettre la déco sur les tables. Ensuite, on ira en cuisine aider les filles à mettre tout le buffet au frigo. Rita et Stefy reviennent du traiteur.

— Super ! Tu penses que nous avons prévu assez ?

— Nous sommes une soixantaine et nous avons commandé pour cent personnes. Nous ne devrions pas manquer !

Elles se regardent d'un air entendu puis installent la déco de table. Ensuite, Julie décode comment monter une arche de ballons en hauteur pendant qu'Eva gonfle la cinquantaine de ballons… enfin, quand elle le peut car les garçons ne veulent pas qu'elle se fatigue à souffler.

Sur l'heure du midi, la salle est prête et la nourriture au frais. Avant d'aller se reposer, ils décident de déjeuner tous les neuf à la brasserie de Rita et David. Ils ont fermé pour l'occasion mais pour les copains, les tables sont toujours dispos !

David a préparé une tartiflette mais étant un futur tonton aux petits soins, il a pensé à un menu spécial pour Eva car le lait cru n'est pas recommandé.

— Pour toi, princesse, je t'ai préparé un poulet au curry thaï, pas trop épicé.

Eva sourit. Toutes ces attentions lui vont droit au cœur et elle sait qu'elle n'est pas seule… ses amis sont sa famille et une sacrée famille qu'elle s'est choisie. Ils partagent leurs joies, leurs peines, leurs galères et ils restent unis après toutes ces années. Eva se revoit dans la cour de l'école Simone Veil avec ses quatre acolytes, se promettre de ne pas s'oublier et c'est ce qu'elles ont fait. Leurs maris sont devenus des amis très chers à son cœur. Elle ne s'imagine pas une seule seconde vivre sans eux à ses côtés, à leurs côtés.

— Merci, David, tu es un ange. Si tu n'étais pas avec l'une de mes meilleures amies, je t'épouserais sur le champ.

— Menteuse !

Tous rient. Au moment du café, Charlie s'installe à côté d'Eva.

— Tout va comme tu veux ma belle ? Pas trop fatiguée ?

— Ça va. J'ai hâte à ce soir. Être entourée de ceux qui comptent, pour moi et pour vous, va me faire un bien fou. J'ai envie de m'éclater sur la piste de danse !

— On va faire chauffer le plancher ! Tu te rappelles comme on mettait le feu dans les boîtes de nuit ?

— Oui mais Chacha, quelques années et kilos en moins !

Elles s'esclaffent et Rita, Juju et Stefy s'approchent pour savoir ce qui les fait rire autant. Elles en ont passé des soirées toutes les cinq à sortir au resto et enchaîner dans les boîtes… histoire de se défouler. Il n'était pas question de draguer, d'ailleurs souvent plusieurs étaient déjà en couple. Mais se retrouver, profiter et savourer ces instants insouciants que la vie leur offrait, n'avait pas de prix. Elles ont tout vécu ensemble et c'est sans doute cela qui les unit toujours aujourd'hui. Pour elles, les liens du sang sont moins forts que ce qu'elles ont construit. Elles sont si fières et leurs enfants empruntent le même chemin. Ils aiment passer du temps ensemble et ils savent, au même titre que leurs parents, qu'ils peuvent compter sur la G5 family.

— Ça rigole bien par ici.

— On se rappelait nos années blanches, Stefy.

— Tu parles ! Nos années colorées, oui !

— Les filles, Stefy et moi avons ouvert le chemin et il est de notre devoir de vous accompagner au mieux dans ce passage à la trentaine. Donc, il est temps de rentrer, de se reposer et d'essayer de se faire belles pour recevoir les invités.

— Oui, maman Rita, disent-elles en chœur.

Elles ont toutes fait la sieste sauf Eva qui semble pensive. Elle a le cœur lourd de se retrouver ce soir face aux amis et à la famille, avec son petit ventre arrondi, n'ayant pas de petit ami. Comment va-t-elle affronter les questions sur son souhait d'avoir son bébé, seule ? Que répondre au départ de Chris ? Saura-t-elle trouver les bons mots, les bons arguments ?

Elle ne le dit pas aux filles mais Chris lui manque. Elle aurait aimé partager sa grossesse avec lui, mais avoir un enfant avec elle n'était pas dans ses projets. Alors, pourquoi lui annoncer et bouleverser sa vie ? Peut-être se serait-il senti obligé de rester avec elle si elle lui avait dit ?

— Eva, ça va ? tu es toute pâle. Tu ne veux vraiment pas te reposer une heure ?

— Je me suis reposée, Rita, je n'ai juste pas fermé les yeux.

— Joue sur les mots mais d'avoir des cernes ne va pas t'arranger ma vieille ! Tu prends trente ans, pas soixante.

— Je savais que je pouvais compter sur vous ! dit Eva avec un grand sourire.

Chacune se prépare selon le dress code qu'elles ont établi : robe obligatoire et talons. Sachant qu'elles ne tiendraient pas fixées sur leurs échasses et qu'elles finiraient toutes pieds nus : peinture des orteils indispensable.

— Nous devons être parfaites !

— Une pour toutes et toutes pour le G5 !

Charlie a mis une petite robe noire avec son mala de méditation pour donner un peu de relief, une touche de couleur et de sérénité. Elle stresse un peu. Paul, vêtu d'un costume bleu nuit avec une chemise blanche, l'admire du coin de l'œil.

Stefy a passé une robe lilas que Maxime adore et ce soir, elle veut que son homme ait envie de la dévorer. La soirée où elle l'avait présenté à ses amis avait été idéale, sans accroc. Contrairement à ses craintes, tous n'avaient pas posé plus de questions qu'il ne fallut et s'étaient montrés prévenants avec Maxime. Il avait discuté avec chacun des hommes et s'était tout de suite senti à l'aise, faisant déjà partie du groupe. Les filles avaient été plus fines que d'habitude. Elles étaient toutes tombées sous le charme de Maxime et ne voulaient surtout pas être l'une des causes de leur rupture s'il devait y avoir. Stefy le regarde ce soir comme jamais. Elle est heureuse et rassérénée.

Rita a enfilé une robe verte cintrée sous la poitrine qui donne l'impression qu'elle fait 1m80, surtout avec ses plateformes qui lui servent de chaussures. Elle est longiligne. David se tient dans l'embrasure de la porte, les yeux fixés sur sa femme. Il l'admire, les yeux brûlants d'amour.

Julie porte une robe rouge serrée en haut et évasée à partir de la taille. Avec un bandeau dans ses cheveux noirs, ses traits de liner sur les yeux et son rouge à lèvres framboise, elle a l'air d'une pin-up. Elle est au top ! Steeve s'en voulait d'avoir failli passer à côté du trésor qu'il possédait. Il l'aime comme au premier jour et ne se lasse pas de lui voler un baiser ou un regard dès qu'il est dans la même pièce que sa femme.

Après plusieurs essayages, Eva se décide pour une robe moulante longue à rayures.

— Tout le monde sait que je suis enceinte donc autant l'assumer !

Maquillage, coiffures et hop, le G5 est prêt à passer la trentaine, les hommes de leurs vies à leurs bras… enfin, sauf Eva.

Les cinq drôles de dames pénètrent dans la salle à demi obscure. La tension est palpable. Elles n'ont pas idée de tout ce qui les attend. Elles passent le hall d'entrée, les lumières s'allument et toute l'assemblée crie en chœur : « Bon anniversaire ! ». Elles sourient et saluent tout le monde avec un petit mot pour chacun. Tout à coup, les lumières se tamisent et la musique de « Jérusalema » retentit. Si ! le tube de l'été 2021, tout le monde connaît.

Les cinq filles ne peuvent qu'admirer leurs hommes danser et reproduire la chorégraphie qu'ils ont dû mettre plusieurs heures à apprendre vu leur niveau de danse. Charlie aperçoit Eva un peu triste. Personne ne danse pour elle… Tout le monde rejoint le quatuor et la soirée commence.

Tout le monde trinque. La soirée se poursuit. L'ambiance est bonne. Tous les convives s'amusent, discutent, font connaissance pour certains. Les filles comme leurs conjoints redoublent d'efforts pour faire oublier à Eva qu'elle n'est pas accompagnée. Un jeu « surprise » suit. Le G5 doit répondre à des questions sur leur amitié.

Steeve, Paul, David et Maxime ont préparé ensemble les questions.

— Charlie, quelle est ta plus ancienne amie ?

— Juju !

— Julie, sur laquelle des filles es-tu sûre de pouvoir compter en cas de pépin ?

— Toutes !

— Tu ne dois en choisir qu'une seule.

— Si je dois vraiment choisir, je dirais Chacha. Mais je sais que je peux compter sur chacune d'entre vous les filles et je vous aime.

— Stefy, si tu dois partir sur une île déserte pendant une semaine, avec qui pars-tu ?

— Sans hésitation, Rita !

— Pourquoi ?

— Je suis guidée par mon appétit. Elle saura se débrouiller et nous nourrir. Les autres sont capables de me mettre à la diète !

Tous, invités et hôtes, rient et savourent ce moment de complicité, de légèreté et de liesse.

— Rita, pour toi, qui est la plus douce d'entre vous ?

— Eva. Non seulement elle est douce mais elle est bienveillante avec nous tous. Et, elle fera une maman formidable et par conséquent, de nous, des tatas complètement gagas.

Toutes les cinq se serrent dans les bras et se sourient, car elles savent qu'elles sont exactement là où elles doivent être et avec qui elles doivent être.

Il est l'heure de passer à table. Les filles ont choisi de faire un buffet froid afin de ne pas avoir trop de logistique pendant la soirée et que tout le monde puisse profiter en salle plutôt que s'affairer en cuisine.

Les convives rient. Certains jouent à la chaise musicale en allant de table en table pour converser un peu avec tout le monde. Le G5 observe la soirée et se sent fier d'être aussi bien entouré.

Paul a préparé un « Danse avec les stars » maison. Il a réalisé un montage de plusieurs clips présentant des chorégraphies et les invités doivent reproduire les pas montrés à l'écran. Cette animation relance le dance floor. Les tubes s'enchaînent, respectant les choix musicaux des filles, une soirée spéciale années 80. Stefy et Rita ont prévu une surprise pour leurs trois amies qui passent la trentaine, un diaporama de tous les moments qu'elles ont partagés. Charlie, Eva et Julie passent du rire aux larmes. Stefy et Rita ont mis dans le mille.

Pour poursuivre la soirée, Steeve et David ont demandé aux trois nouvelles trentenaires de faire un discours avant d'ouvrir leurs cadeaux.

Les trois jeunes trentenaires remercient tous les invités de leur présence en soulignant l'amitié sans borne de Stefy et Rita. Charlie remercie Paul et ses enfants qui la soutiennent dans les coups durs comme dans les bons moments. Juju fait une tirade sur l'amour indestructible, celui qui rend la vie meilleure, en parlant de Steeve et Max. Eva ajoute juste qu'elle est très émue car tous ceux qu'elle aime sont présents.

La soirée se poursuit, tout le monde danse, même Eva se déchaîne sur la piste. Les cinq amies ont préparé une reprise des Spice girls sous les yeux médusés des invités qui découvrent une chorégraphie surprenante. Vers deux heures du matin, certains commencent à partir, notamment ceux avec des enfants en bas âge. À quatre heures, les filles et leurs compagnons se retrouvent entre eux, à ranger et surtout prendre un dernier verre ensemble pour faire durer ce moment suspendu. Soudain, Charlie qui a regardé son téléphone se dirige vers l'entrée. Quand elle revient, elle est accompagnée de Chris. Eva ne bouge plus. Elle semble voir un fantôme. Julie, Rita et Stefy restent sidérées. Les garçons se lèvent pour le saluer. Suivis de près par les trois drôles de dames. Ensuite, un silence, long, long, très long s'installe. Charlie propose aux autres d'aller dans la cuisine pour finir de ranger. Ceci dans le but de laisser Eva et Chris…

— Salut Eva.

Chris la voit pour la première fois avec son ventre rebondi, extrêmement belle dans sa robe longue moulante. Malgré son émotion, il reste impassible.

— Bonjour Chris. Qu'est-ce que tu fais là ?

— Tout d'abord, je veux te dire que tu es splendide. Et pour te répondre, je savais que c'était votre soirée, et…

— Il est quatre heures…

— J'ai beaucoup hésité. Je ne savais pas si tu serais heureuse de me voir.

— Je suis contente que tu sois là.

— Eva… il hésite à poursuivre. Elle lui fait un signe de la main, l'invitant à poursuivre. Eva, je suis désolé. J'ai été égoïste, je n'ai pas vu… je n'ai pas deviné.

— Tu ne pouvais pas savoir. Et puis, tu as ton boulot. J'ai compris. Ne t'inquiète pas, je me débrouille très bien. Je suis bien entourée. Les tontons et tatas sont au taquet, dit-elle amusée et émue.

— Eva, il faut que tu saches que le boulot n'est pas ma priorité.

— Ah bon ? je peux savoir ce que c'est ?

— Toi, et… le bébé.

— Je croyais que tu n'en voulais pas ?

— J'ai eu le temps de me faire à l'idée. Il n'y a que les imbéciles qui ne changent pas d'avis. Et la vie sans toi, je n'y arrive pas.

Eva sent les larmes monter. Elle le devine sincère. Il la regarde avec ses yeux tendres et implorants. Elle s'approche de lui doucement et lui murmure à l'oreille :

— Notre fille va avoir beaucoup de chance.

Elle essaie de se reculer doucement mais Chris la retient. Il la regarde intensément comme s'il attendait sa bénédiction, puis il l'embrasse.

Après un moment, enlacés, Eva appelle ses amis restés dans la cuisine, les oreilles collées à la porte. De vrais gamins !

— Vous pouvez venir, bande de zozos !

Ils arrivent tous excités et heureux de ce retour de Chris. Et puis surtout, ils n'ont pas raté l'INFORMATION : Eva attend une fille.

— Eva ! une fille ! Nous allons être tatas d'une petite princesse !

— Euh oui, je voulais garder la surprise et attendre le bon moment. Et l'écho était aujourd'hui, dit-elle pleine d'espièglerie.

— C'est le bon moment ! crient les quatre tatas.

— Et nous, alors ?

Maxime, Steeve, Paul et David ne veulent pas être oubliés. Ils sont les tontons et sont tout aussi importants. Tous se mettent à rire de voir leurs réactions. Le groupe est enfin réuni après tous ces mois compliqués, parfois. Chaque couple est (re)formé. Stefy murmure une phrase à Maxime, qui aussitôt la regarde avec de grands yeux, l'embrasse et lui serre très fort la main.

Eva couvre Charlie d'un regard tendre. Elle ne lui en veut pas pour Maxime, bien au contraire…

Le G5 vient de passer la trentaine et avance vers son avenir… Confiant et encore plus uni, prêt pour de nouvelles aventures…

Remerciements

Je remercie mon compagnon et mes enfants pour leurs encouragements, leur amour sans faille et leur patience. Merci à mes parents, mes frères, ma sœur, toute ma famille et tous mes amis qui m'apportent tant chaque jour. Merci à ma précieuse Catherine pour sa relecture vétilleuse et bienveillante.

Je n'oublie pas les équipes des éditions du Lys Bleu, notamment le comité de lecture, sans qui cette aventure n'aurait pu se concrétiser.

Un immense « Merci » à mes amies Ninie, Vava, Rachel et Sansan, mon G5 adoré. Merci à Chantal, Jojo, Virginie et Sylvie qui mettent de la couleur dans mon quotidien.

Je vous remercie, chères lectrices et chers lecteurs, d'avoir pris le temps de lire les tribulations du G5. Peut-être avez-vous aimé, peut-être pas… mais encore une fois : Merci. En espérant que Julie, Eva, Rita, Stefy et Charlie ont suscité quelques sourires.

Je pense très fort à celles et ceux partis trop tôt, et qui ont fait partie de ma vie.

J'ai peut-être oublié de citer des personnes qui me sont chères mais le nombre de lignes est limité. Ne m'en voulez pas.

Toute ressemblance d’un personnage avec une personne réelle est sans doute le fruit de vos imaginations débordantes.

Prenez soin de vous, de vos familles et de vos ami(e)s.

Imprimé en France
Achevé d'imprimer en avril 2023
Dépôt légal : janvier 2023

Pour

Le Lys Bleu Éditions
40, rue du Louvre
75001 Paris